U0331150

C. S. Lewis.

卿　卿　如　晤

A GRIEF
OBSERVED

【英】c.s.路易斯 著　喻书琴 译

华东师范大学出版社

华东师范大学出版社六点分社　策划

谨以此书纪念C.S.路易斯逝世五十周年。

　　路易斯身材高大、强壮,而且绝不是个害羞的人。他曾言其所以成为一位作家,乃是因为丑陋的外貌使他难以向其他方面发展。

路易斯和乔伊

The Kilns——路易斯在牛津的住所,1930 年移居于此,1956 年结婚后乔伊亦搬进来。

目　　录

前　言

　　当《卿卿如晤》冠以 N. W. Clerk① 之名首次出版时，一位友人送我此书，我带着极大的兴趣，以旁观者的角度读完了它。那时，我的婚姻有好些年头了，还有三个年少的孩子，因此，见路易斯为妻子的逝世如此悲恸，我虽然深表同情，但毕竟，这种不幸离我自己的经历很遥远。我无法有太深的感触。

　　许多年后，我先生过世，另一位友人再次送我《卿卿如晤》，我也再次捧起此书，期待着能获得比第一次阅读大得

---

① 　N. W. Clerk 系路易斯之化名，为盎格鲁—萨克逊语。其中 N. W. 为 Nat Whik 的缩写，意为"未名氏"；而 Clerk 之意为能文善墨的学者。路易斯投稿常用此化名。——译注

多的感动。部分内容深深触动了我，但总体而言，我的居丧经历和路易斯的大不一样。当 C. S. 路易斯与乔伊·达韦曼（Joy Davidman）结婚时，乔伊尚缠绵病榻，路易斯很清楚自己娶的是一个身患癌症、奄奄一息的女人。即使后来她的病情意想不到地好转，又捱过了数年的缓和期，但若与我这 40 年之久的婚姻相比，路易斯的婚姻之旅只能算浅尝辄止。他应邀去赴婚姻的盛宴，但刚尝了几分样品，筵席就无情地撤离了。

另外，对于路易斯，爱妻突如其来的失丧，导致他信心的极大衰退："神在哪里？……当你迫切需要祂，而所有其他的救助都山穷水尽无济于事时，你会发现什么呢？一扇当着你的面砰然关闭的门。"

但是，在走过漫长而美满的婚姻之旅后配偶才过世，情形则大不一样。在我先生弥留之际和离世之后的那段岁月，反而可能是我最深切地感受到神的存在和力量的时候。但这并不能抹去心中那份悲恸的感受。心爱之人的死亡是一种隔绝，但当两人结婚后，就必须接受其中一方会先另一方而去这一事实。当 C. S. 路易斯与乔伊·达韦曼结为夫妇，她会先他而去，这早是意料之中的事，除非又飞来一场意外的横祸。他伴着死亡对她的召唤迈入婚姻，并使这场婚姻成为爱、勇气、自我牺牲的卓绝见证，与之相比，一个人经过了美满的婚姻,享受了丰富的人生后,才寿终正寝,则是生老病死自然而然的一部分。

在居丧的日子,读《卿卿如晤》,让我明白悲恸的每一种经历都是独特的,但又有某些基本的相似之处:如路易斯提到那种怪异的恐惧感、忍气吞声、健忘症。或许所有信徒都会像路易斯一样,对那些将任何悲剧都说成是"愿主旨成就"的人畏而远之,好像慈爱的神是为着我们这些受造之物的好处,才会让这些事发生。他无法忍受那些谎称死亡对于一个信徒来说无足轻重的人。但我们大部分人都如此认为,无论我们的信心是否坚固。C. S. 路易斯与我也一样经历了记忆失丧的恐惧。没有一张照片能逼真地重现心爱之人的笑容。偶尔,瞥见一个在大街上行走的路人,一个活生生又蹦又跳的人,都会勾起我们一连串的真实回忆。但我们的记忆,虽然是那么地珍贵,却像筛子筛糠一样,不可避免地在遗漏,在流失……

像路易斯一样,我自 8 岁起也保持着写日记的习惯。在日记中一吐胸中块垒再好不过了;这是一种消除自怜自艾、自我放纵和自我中心的方式。当我们在日记里奋笔疾书时,是不太会顾虑到家人或朋友的。我很感激路易斯在他的日记里坦诚地展现了丧妻之恸。因为这让我们清楚地看到,人类的悲恸之情是神所许可的,是正常的,也是合宜的。面对亲人丧亡而产生的这种天然的情感反应，基督徒不应加以排斥。另外，路易斯提出了我们都会提的问题：当我们所爱之人死亡，他们去了哪里？

路易斯这样写道："我向来都有信心为其他死者祷告，即使现在，仍有信心。然而，当我试着为 H（在日记中他称乔伊·达韦曼为 H）祷告时，竟然踌躇不前。"我相当能够体会这种感觉。所爱之人已那么深那么深地融为我们自己内在的一部分，我们无法旁观者清，远距离视之的。我们如何为已成为自己心灵的那一部分来祷告？

我们没有任何答案。教会对待死亡的态度仍然处于哥白尼之前的时期。描绘天堂和地狱的中世纪画面还没有被更现实或更温馨的图景来取代。可能，对那些深信只有按他们的方式思考的基督徒才能得救上天堂的人，这种陈腐观点已经足够。但对我们大多数人，看到的并非是一个只关心他自己那一小群救赎子民的审判之神，而是一位有着更长阔高深的爱之神，我们对祂有更大的渴求，我们更多需要的是信心的飞跃，相信那些因着神的爱而受造的人必不被丢弃。神的爱不会出尔反尔，创造之，又毁灭之。但乔伊·达韦曼现在在哪里？或说，我的先生现在在哪里？这一问题不是任何牧师、任何教会长老、任何神学家能够用可证的事实及亟定的术语解答得了的。"不要给我谈宗教的安慰。"路易斯写道，"我会怀疑你根本不懂。"

信仰所给予的真实安慰并不是精神鸦片般的愉悦感或舒适感，安慰一词（com-fort）在拉丁语的真正含义是：大大加强力量。这是一种鼓励生者继续活下去的力量，一种相信无论乔伊需要什么，或任何我们所爱之人亡故后需要什么，都会得到那起初创造他们的大爱的悉心照料的力量。路易斯很明智地拒绝了那些虔诚告诉他乔伊现在处在平安之中且过得很喜乐的人。我们并不知道死后会发生什么，但我揣测，我们所有人仍然还有许多东西需要学习。这种学习并不容易。荣格说没有疼痛就没有生命的诞生，这话用在我们死后的生命上可能同样属实。重要的事情我们其实一无所知。因为它不是发生在信仰的领域，而是在爱的领域。

我也很感谢路易斯，有勇气去呼喊、去怀疑、去在暴怒中与神抗争。这是健康的悲恸情绪中不常受鼓励的一部分。作为一个如此成功的基督教护教大师，C.S.路易斯竟有勇气承认，他也质疑过自己早先斩钉截铁宣称过的信仰，这于我们也不无裨益，这意味着，我们同样也可以承认我们自己的怀疑、我们自己的愤怒、我们自己的创痛，知道这些也是灵命成长的一部分。

因此，路易斯也分享他自己的成长和自己的悟解："丧偶并非婚姻之爱的中断，而是婚姻诸多阶段之一——就像蜜月一样。我们需要的是在此阶段也好好地、坚定地生活下去。"是的，在配偶死亡后，夫妻中剩下的那一方应当好好活下去，因为这本是我们的天职。

自从我先生过世后，我在书房和卧室里，挂了一些他的照片，四处都可看见它们，就如同他仍然健在，但这些照片只是肖像，不是偶像；只是记忆深处的一星点火花，而不是记忆本身。就像路易斯说的，有时它们不但不能促进回忆，反而会阻碍回忆。"一切事物的真相都具有偶像破坏的特质。"他写道："你尘世的爱人，即使在今生，也常常以其真实面目打碎你对她的纯然想象。但你情愿如此。你接纳她，乃是接纳她所有的任性、她所有的缺点以及她所有不尽人意的地方……正是真实的她，而非任何关于她的影像或记忆，才是我在其离世后还深深恋慕着的。"

这一点比死者的魂兮归来更为重要，虽然路易斯探讨过这种可能性。最后，在他日记最后一篇，一种对爱的笃定信靠和风丽日般抚平了心中的悲恸，这种爱，是他对乔伊的爱，也是乔伊对他的爱。这种爱，更是被神的大爱所完全充盈。

虽然没有提供任何轻松或浪漫的安慰，但神对我们人类的情感的终极目的总归还是爱。阅读《卿卿如晤》，你将感受到的不仅是 C. S. 路易斯的悲恸，更是他对爱的理解，实际上，这种理解非常非常丰富。

玛德雷娜·安格尔

1988 年 8 月于 Crosswicks

引　言

　　《卿卿如晤》不是一本普通的书。从某种意义上来说，它根本不是一本书，而是一个勇者直面和反思自己创痛后的呕心沥血之作，也藉此，他方能进一步体悟，在这漫漫人生之旅中，当我们失去所爱的人时，应该如何看待这种离丧的痛苦与悲伤？说实在的，能写这种书的人很少，说更实在的，即使有人能写，也未必真写下来，所以能写且真写下来的人更少，即使有人真写下来，也未必真拿来出版，所以真写下来还真拿来出版的人更是凤毛麟角、少之又少。

　　我的继父 C.S.路易斯，在写此书之前还出过一本以痛苦为主题的书（《痛苦的奥秘》，*The Problem of Pain*，*1940*），痛苦这种体验对他并不陌生。孩提时代，他就遭受过不幸：9岁那年，他失去了母亲。其后数载，他又相继失去了几个朋友，有的在一战中丧生，有的则身患重病。

他也写了一些有关伟大诗人和他们的爱情诗歌的著述，但从某种程度而言，他曾有过的所有学识或经历都不足以让他同时承受这种巨大的爱情，以及与之相对应的——这种巨大的失丧。寻觅到神所赐给我们的佳偶，并与之共结连理，实在是人生莫大快事。这致命一击，这失丧，又实在是撒旦对爱与被爱这份伟大礼物的焚毁。

谈及此书，人们或因疏忽，或因怠惰，常会不由自主地遗漏本书书名"A Grief Observed"中的不定冠词"A"。这万万不可。因为该书名完整地描述了本书之精义，进而也确切地表达了本书之真谛。任何事物冠以"Grief Observed"，就变得那么普遍，那么非个人化，如纸上谈兵之语，对于任何濒临或经历亲人丧亡的人而言，几乎没有丝毫帮助。

另外，本书也是一部毫无掩饰之作，记录了一个男子有心尝试去把握因生命中最致命的悲恸而导致的情感瘫痪，并最终战胜这种情感瘫痪的过程。

《卿卿如晤》一书之所以更为引人瞩目，源于作者本是一位非同寻常的男子，他所哀悼的这位女子，也是一位非同寻常的女子。他们两人都是作家，都很有学术天赋，都皈依了基督教，但相似点也仅此而已。让我惊叹的是，上帝有时居然把两个在那么多方面都大相径庭的人牵到一起，并藉着婚姻使他们在灵性上融为一体。

杰克（C. S. 路易斯）非凡的学识和卓绝的智慧使他从芸芸众生中脱颖而出，在思想争鸣或学术讨论中，能与之匹敌的同辈人为数寥寥。那些发现他们彼此间难免惺惺相惜的人形成一个紧密的小团体，该团体以"淡墨会"①享誉圈内，并留给后人一段文坛佳话。在那些频频参与非正式聚会的人中，J. R. R. 托尔金②、约翰·韦恩③、罗哲·兰赛里恩·格林④、莱维尔·珂格海尔⑤也都在其列。

---

① 淡墨会（The Inklings），又译"吉光片羽社"，原先是 1930 年代中期牛津大学里一个文学性学生社团的名字，会员聚会时会朗读自己的作品，学生们称自己为"涉墨者"（Inklings）。这个社团没多久就解散，当时的成员之一 C. S. 路易斯便继续带着此名，用在他另一群喜好文学的牛津人身上。他们在 1930 至 1936 年间定期聚会，分享彼此的作品，一边品啜饮料，一边高谈阔论。——译注
② 约翰·罗纳德·瑞尔·托尔金（J. R. R. Tolkien, 1892—1973），英国著名学者、魔幻文学作家，路易斯的知交。著有《魔戒》（又译《指环王》）等。——译注
③ 约翰·韦恩（John Wain），英国当代著名作家，"愤怒的青年"运动的代表人物之一。著有自传《轻快地奔跑》等。——译注
④ 罗哲·兰赛里恩·格林（Roger Lancelyn Green），英国小说家，著有《特洛伊传奇》等。——译注
⑤ 莱维尔·珂格海尔（Neville Coghill），路易斯的得意门生。——译注

海伦·乔伊·格雷生（又称达韦曼），也就是本书中的"H"，可能是杰克一生遇见过的唯一与他学识不相上下、又同样阅读广博、受过高等教育的女子。杰克从不会忘记他读过的任何东西。乔伊也是如此。

杰克在一个混合着爱尔兰和英格兰两种传统的中产阶级家庭长大成人（他来自贝尔法斯特，其父是一名警署律师），又置身于 20 世纪之初这样一个历史时代——那时，有关个人信誉的观念、严守承诺的品格、遵循骑士精神和良善美德的基本准则，仍然在这个年轻的英国男子心里深深烙下印记。这烙印如此之强之烈，远超过任何形式的宗教守则对他的要求。他年轻时就受伊迪丝·内斯比特女士[①]和沃尔特·司各特爵士[②]的作品、可能还有拉迪亚德·吉卜林[③]的作品的熏陶，耳濡目染之余，并以它们为其效法的榜样。

---

① 伊迪丝·内斯比特（E. Nesbit, 1858—1924），英国女诗人、儿童文学作家，著有《魔幻城堡》、《四个孩子和一个护身符》等。——译注

② 沃尔特·司各特（Sir Walter Scott, 1771—1832），英国著名历史小说家、诗人，著有《艾凡赫》、《惊婚记》等。——译注

③ 拉迪亚德·吉卜林（Rudyard Kipling, 1865—1936），英国著名作家、诗人、儿童文学家，英国第一位诺贝尔文学奖得主。著有《丛林故事》、《谈谈我自己》等。——译注

而我母亲呢，则和我继父的成长背景大相径庭。她来自较低的社会阶层，是两个第二代犹太裔移民之女，父亲是乌克兰人，母亲是波兰人，她在纽约市的布朗斯郡出生长大。若比较他们早年的成长之路，你会发现，唯一明显的相似之处就是他们都才智惊人，且都极具学术天分及超常记忆力。另外，他们在接受耶稣基督之前，都走过了从不可知论再到有神论最后到基督教信仰这样一条漫长而艰难的切问近思之路。他们在念大学时都学业优异，成绩斐然。杰克因一战爆发，请缨入伍以报效祖国，故而中断学业；而母亲则因为参加政治活动和结婚成家，创作生涯暂告一段落。

关于他们的生活，他们的相逢，他们的婚姻，坊间已有太多著述，既有杜撰之言，也有属实之语（时有雷同之作）。但与本书有关的故事中，最重要的那一部分却是对他们彼此之间那种伟大之爱的确认，直到这爱日益炽热可见，他们在自己散发的热力中，与对方走到一起。

要理解本书所含的哪怕是最小的痛苦，以及面对痛苦时所表现出的勇气，我们首先必须承认他们之间的爱。我孩提时代即看着这两个了不起的人怎样走到一起。起初，他们是朋友；接下来，进展颇不同寻常，他们结为夫妻；最后，他们成为爱人。我是这份友谊的一部分，也是这份婚姻的"附属品"，但却是这份爱情的局外人。我并不是说我被完全排除在外，而是指，他们这份爱情，我无法参与其间，也不应参与其间。

即使在青少年时代，我就在一旁静观这两人的爱情生长，并由衷为他们感到幸福。这是一种糅合着悲伤和恐惧的幸福。因为我知道，母亲和杰克也知道，他们在一起的最好时光总是匆匆太匆匆，最后又必将以悲伤告终。

然而，我也知道，人与人的所有关联都必将以痛苦告终——这就是代价。因着我们的不完美，给撒旦以可乘之机，剥夺了我们爱的权利。

母亲过世时，我还年轻，故能很快做到节哀顺变，从心情低落中振作起来。因为于我而言，还可以去发掘其他的爱，当然，这些爱也会在时间之流中渐渐消逝或弃我而去。但于杰克而言呢？生活在拒绝了他那么长时间后，居然给他一个甜蜜的拥抱，然而，又如此短暂，好似一桩空洞的承诺，现在，这一切也走到了尽头。杰克不再抱任何希望了（无论我是否看到些许渺茫的希望），无论对艳阳高照的芳草地，还是对生命之光，甚至对笑声，他都已心灰意冷，我还可以倚靠杰克以外的人，但可怜的杰克只能倚靠我。

我一直希望有机会解释本书中一处容易引起误会的小地方。杰克写到这样一个事实：当他提及母亲时，我似乎总是显出尴尬的样子，仿佛他在提一件不太体面的事。杰克不懂。这对他是不同寻常的。母亲过世时我 14 岁，深受英国预科学校近 7 年的思想灌输，那时我被谆谆告诫，最羞耻的事莫过于在公共场合掉眼泪。英国男孩有泪不轻弹。但我知道，假如杰克同我谈起母亲，我肯定会忍不住哭的，更糟糕的是，他也会哭。这就是我尴尬的根本原因。我用了近 30 年的时间才学会不再以哭泣为耻。

本书笔下是一个无依无靠、情感脆弱的、置身于自己的客西马尼园的男人。它讲述了我们中很少人能够承受的一种悲恸，以及这悲恸所带来的痛苦与虚空。爱越深，痛也越深；信心越刚强，撒旦对信心堡垒的摧毁也就越猖狂。

当杰克饱受爱妻丧亡所带来的情感上的痛苦时，他也饱受了精神上的痛苦。这痛苦源于 3 年来一直活在恐惧里，源于骨质疏松及其他疾病所引发的身体不适，源于最后几周持续照料爱妻以至于彻底精疲力竭。

他的头脑绷得那么紧，竟到了某种难以想象的强度，远超过一个男人所能承受的。他转而写下他的想法及对这些想法的反应，试图将侵入脑海中的各种嘈杂之思理出个头绪来。当他写下这些文字时，并没有打算将这些私人感情流露之作拿去出版，但过了一段时间，从头读过，他才觉得，这些体验或许能帮助那些思想感情同样饱受悲恸折磨之人。本书最初以 N. W. Clerk 这一化名发表出版，由于本书情感诚挚、质朴无华,吸引力自然非同凡响——这是坦坦荡荡的真实告白所散发出来的吸引力。

为了能够更全面体会他的悲恸何以如此之深,我认为,读者有必要多了解一点杰克和我母亲初次相逢和交往的背景。我母亲和我生父(小说家 W. L. 格雷生)都是资质颇高、才华横溢之人。但他们的婚姻生活却冲突频频、困境重重。早年,母亲被培养成一个无信仰者,后来又成为一名社会左派,当然,她天性聪颖,不会对这套空空如也的哲学陷得太深。同时(当时,她已经嫁给我父亲),她意识到自己正在寻找某种少几分惺惺作态、多几分实实在在的东西。

在博览众家之著述中,她读到了英国作家 C. S. 路易斯的作品。她开始意识到,在这个世界脆弱不堪、虚有其表的建制教会之下,还有这样一个又真又纯的真理,在这真理面前,一切人所炮制出来的哲学体系无不相形见绌、土崩瓦解。她开始意识到,有一种理念论其明晰程度迄今为止都是空前绝后的。就像任何初信者那样,她还有一些问题,于是给杰克写信,他立刻注意到她的来信,因为他俩都是思想深邃之人。接着,他们的鸿雁之谊很快发展起来。

1952 年,母亲在创作一本关于十诫的书(《山上烟火》*Smoke on the Mountain*,Westminster 出版社,1953),正值大病初愈,决定到英国与 C. S. 路易斯讨论此书。他的情谊和忠告相当慷慨。他的兄长 W. H. 路易斯，一位历史学家，也是一位才华不菲的作家，待她也非常友好。

母亲返美后（现在她可成了一个彻底的亲英派人士），发现她和我父亲的婚姻已走到了尽头。离婚后，她带着我和弟弟飞往英伦。我们在伦敦生活了一段时间，虽然，杰克与母亲仍有书信往来，但他并未到我家做过客，他很少来伦敦这个他并不喜欢的城市，那时，母亲和他只是志同道合的知音而已。尽管，与很多人一样，我们也得到他专门用作慈善资金中相当可观的经济资助。

母亲发现伦敦是一个让人活得很绝望的城市。于是，她想搬到她在牛津的朋友圈。若说她迁居的动机单单只是为了接近杰克，这种看法太简单也太肤浅了。但无疑，这是一个很重要的因素。

我们暂居在赫定顿，此处恰好就在牛津外面，这段时间，一切似乎重新开始，生活竟如此丰富多姿。好友们频频光临我家，许多精彩的思想争鸣就发生这里，堪称一景。也就是在这段时间，杰克和母亲的友谊日渐深笃，我觉得，当杰克开始意识到他对母亲深深心仪时，试图抑制这种情感，很大程度因为他误以为此种情感与他的天性相违，他们的情感本建立在柏拉图式的精神层面，这是发乎情止乎礼的合宜之道，不会令他平静如水的生活掀起微澜。然而，他不仅要向自己的内心深处承认对她的爱，而且，当突如其来的现实变故让他意识到自己即将失去她时，也不能不公开承认对她的爱。

近乎残忍的是，她的病情还拖延了一段时间才告别人世，这段时间足以让他尽心尽意地来爱她惜她，结果，她占据了他整个世界，仿佛她是上帝赐给他的最大礼物。后来，她去了，留他一人形单影只地活在这世上。仿佛这世上，她在他生命中的出现，只是为了他而造。

在这源源不断喷涌而出的心灵创痛中，我们中许多人会发觉自己能确切体味他的满纸荒唐言、一把心酸泪，我们也曾经走过同样的心路历程，或者，在读此书时正走着同样的心路历程。最终会发现，我们并非像自己原初所想的那么孤单。

C.S.路易斯，作为一名作家，他行文透彻、一针见血、入木三分；作为一名思想家，他头脑敏锐、表述明晰、深入浅出；作为一名刚强而坚定的基督徒，他也曾不由自主地被卷入各种纷纷扰扰的思想感情的漩涡中，在悲怆的黑暗渊谷深处，却依然跌跌撞撞、踉踉跄跄地摸索前行，寻找着生命的支撑和指引。我多希望他会因这样的一本书而蒙福！如果我们在这世界上找不到任何安慰，在呼求上帝时也感受不到任何安慰，如果一切都无济于事，至少本书会帮我们去面对自己的悲恸，并且"少很多误解"。

　　为便于进一步阅读，我推荐乔治·塞尔（George Say-er)的《C. S. 路易斯和他的时代》(*Jack: C. S. Lewis and His Times*)（Harper & Row Press；十字架丛书)，这是关于 C. S. 路易斯的最好的传记作品；还有莱勒·多赛特（Lyle Dorsett)关于我母亲的传记《上帝也进来了》(*And God Came In*)（Macmillan, *1983*)；另外，拙作《贫瘠的大地》(*Lenten Lands*)（*1988*；HarperSanFrancisco, *1994*)以局内人的视角透视我们的家庭生活，也许，某种程度上会比较客观，还望读者雅鉴。

　　　　　　　　　　　道格拉斯·H. 格雷生

路易斯和继子大卫、道格拉斯，1957 年摄于 Kilns 前

第一章

　　从未有人告诉我,这种悲怆犹如恐惧,二者何其相似!我并不恐惧,但感觉上却似乎在恐惧着什么。胃里同样的翻江倒海,同样的坐立不安,直打呵欠,还不断地咽口水。

　　还有些时候,这种悲怆又如心有浅浅醉意,或脑受微微震荡的感觉,在我和世界之间,隔着某层看不见的帷幕,别人说什么,我都听不进去,或许,是不愿自己听进去,一切都是那么索然寡味。然而,我又希望有人在我身边,每当看见这房子空空如也,我总是不寒而栗,所以,最好还是有些人气,而他们又相互交谈,但是,别来同我说话。

又有些时候，多在意想不到的时候，内心有种声音试图向我证明：我其实并不是真的这么在乎，起码并不是像现在这么强烈地在乎。毕竟，爱情不是一个男人生命的全部。在遇到妻之前，我一直过得挺自得其乐的，现在也拥有许多所谓的"消遣"。人们不都是这么节哀顺变，并挺过来了么？那么，我又何必在这里斯人独憔悴？虽然，接受这种声音让我羞愧，但它听上去倒是很合理。然而就在此时，那些铁一般烙人的记忆，突然间刺痛心扉，于是，这一切刚培养起来的"合理感觉"，犹如炉口上的蚂蚁，立刻烟消云散，踪影全无。

受此重创，眼泪不禁潸然而下，心中满是悲戚。多么自怜的眼泪呵！我宁可选择痛苦，那至少是纯纯粹粹、实实在在的痛苦。而像现在这样一味沉浸在自怜中，咀嚼着那腻歪歪的快感，连我自己都讨厌自己。然而，我还是沉溺在自怨自艾中，虽然明知这样实在愧对于妻。因为如果任这种情绪泛滥下去，不消片刻，我所哭泣哀悼的，便不再是一个真实的女人，而是一具虚设的木偶。不过感谢神，有关妻的记忆依然刻骨铭心，无法忘怀。但这记忆，会永远这般刻骨铭心下去么？

然而,妻完全不是这样,她的心思像豹子一样灵巧敏锐、矫健有力。热情也好,温柔也好,伤痛也好,都不能使它缴械投降。你言语中一旦有伪饰的假话或无聊的废话,它能立刻嗅到,然后凌空一跃,在你还未来得及弄清到底发生了什么事之前,向你扑来,让你人仰马翻。我那些夸夸其谈,被她一针见血地戳破的,不知有多少!我很快学会了不在她面前胡说八道,除非纯粹是为博一笑——享受那种被揭穿、被嘲笑的乐趣。唉,这又是一段烙心刺骨的回忆。自从做了妻的爱人,我再也含糊不了。

也从未有人告诉我,这种悲恸会使人变得懒散。现在做任何事,哪怕仅需费吹灰之力,我都厌烦不已——倒是工作例外,因为工作只需头脑机械地照常运转即可——别说写封信,就连读封信我都嫌烦。甚至刮胡子也烦,我的脸是光滑还是粗糙,有什么要紧呢?据说,不快乐的男人需要找些事来分分神、散散心,好从自我封闭中解脱出来。然而,一个精疲力竭的男人,在寒冷的夜里,最需要加条毛毯暖身,可是,他宁可躺在那里瑟瑟发抖,也不愿意起身去找一条御寒。显而易见,这就是为何孤独的人最后会变得肮脏邋遢,惹人生厌。

与此同时,神在哪里?这样的怀疑是丧偶所引出的最令人不安的并发症之一。当你很快乐,快乐到觉得根本不需要神,快乐到认为神对你的要求是多此一举,这时,你若反省自己,回转向祂,献上感恩和赞美,祂会伸开双臂欢迎你——或说,你觉得祂会如此接纳你。但是,当你迫切需要祂,而所有其他的救助都山穷水尽无济于事时,你会发现什么呢?一扇当着你的面砰然关闭的门,从里头还传出上门栓——双重门栓——的声音。接着,是静寂。你还不如离开,因为,等待的时间越长,那静寂的气息就越深。窗子里没有灯光,可能是间空房子而已。里面曾经住过人吗?看似住过。这看似有人住过的感觉与这静寂无人的气息都同样的明显。这意味着什么?为何,当我们一帆风顺时,祂俨然存在,指挥若定?可是,当我们四面楚歌时,祂反而杳然无踪,爱莫能助?

今天下午,我试着向 C 道出我的某些想法。他提醒我,基督身上也曾发生过同样的事情。"你为什么离弃我?"[1]这我知道。然而,这能让我醍醐灌顶,幡然大悟吗?

---

① 引文见《马太福音》27 章 46 节:约在申初,耶稣大声喊着说:"以利! 以利! 拉马撒巴各大尼?"就是说:"我的神! 我的神! 为什么离弃我?"——译注

我想，我现在的问题并非不再相信神，而是我开始相信神也有可恐惧之处，这才是真正的危机所在。我所害怕的结论并非"正因如此，所以神并不存在"，而是"不要再欺骗自己了！原来，这才是神的庐山真面目"。

　　老一辈的人会恭顺地说："愿你的意旨成全。"①多少时候，辛酸悲愤被彻底的恐惧和良善的行为（是的，从任何角度看，都是行为）抑制住了，并以此虚掩内心真正的感受。

　　当然，很容易下判断：当我们最需要神时，祂却不临现，是因为，神根本就不在——不存在。但为何，坦白地说，当我们不需要神时，祂却一直临现？

　　然而，还有一件事，就是婚姻带给我的体会。我再也不会相信：信仰是潜意识里欲望得不到满足所投射出来的产物，是性的替代品。在那些短暂的岁月，我和妻饱享爱的盛筵——各种形态的爱情——庄严的、欢乐的、浪漫的、写实

---

① 引文见《马太福音》26 章 42 节：耶稣第二次又去祷告说："我父啊，这杯若不能离开我，必要我喝，就愿你的意旨成全。"——译注

的。有时如暴风骤雨般一波三折，有时又像穿上柔软拖鞋那样平淡舒缓，身心细微处皆惬意无比。如果，神是爱情的替代品，我俩应不会对祂产生兴趣。拥有了实物之后，谁还会需要这些替代品呢？然而，事实却并非如此。我俩都清楚，除了彼此之外，我们还需要别的东西——这是完全不同的某样东西，也是完全不同的某种需要。可以说，当相爱的人儿拥有彼此时，就不再需要阅读、吃饭——或呼吸。

几年前，一位朋友过世后，很长一段时间，我都极为真切地感受到，他的生命仍然在日益延续，甚至，在日益宽广、日益壮大，对此，我深信不已。我一直祈求，神给我印证，让我相信妻逝后也有同样永恒的生命，哪怕只有百分之一的印证也行。然而，我得不到任何的回应，只有深锁的门户、低垂的"铁幕"、茫茫的空无、绝对的零度。"你们求也得不着。"我偏偏傻傻地求，现在，即使这样的印证临到我，我也不会相信了，我会认为那不过是祈祷所引发的自我催眠罢了。

无论如何，我决不会找那些灵媒，我答应过妻的。他们那圈子的把戏，她很清楚。

对死者,或者对任何人,遵守诺言,本是好事,但我开始察觉"尊重死者的心愿"不过是个陷阱。昨天,我几乎脱口而出这样可笑的话:"妻不喜欢这样。"这对别人实在不公平。再过不久我很可能会借"妻喜欢怎样怎样"之托辞在家里狐假虎威,会妄加推测她的喜好来掩饰我自己的怀旧之情,不过,这伪装会越来越容易被识破。

我不能和孩子们谈起她。我一开口,他们脸上表现出的既不是悲恸、关爱,也不是惧怕,或者同情,而是所有感情中最让人无地自容的那一种——尴尬。他们的表情似乎在暗示,我正在说一件不太体面的事。他们巴不得我住口。记得我的母亲去世后,每当父亲提起她时,我也有同样的感受。不能怪他们,男孩子就是这样。

有时候,我认为羞耻感,那种无地自容、也毫无意义的羞耻感,和我们犯的那些恶行一样,既妨碍人行善,也妨碍人享受率真的快乐。而且,不只是孩子们会这样。

或许,孩子们是对的?这本让我一而再、再而三陷入回忆的手记,这颓废之极的薄薄手记,妻会怎样看呢?难道它们都是满纸荒唐言么?我曾读过这样的句子:"由于牙痛,我彻夜难以入睡，一边惦着我的牙痛，一边还惦着我的失眠。"——这不就是人生的写照么？可以这么说，悲剧之外的阴影或投影也成了悲剧之内的一部分——悲剧。事实上，你不只受苦，还必须不断咀嚼你正在受苦这一回事。我不只天天活在悲恸中度日如年，更糟的是，天天就在反复思想自己天天活在悲恸中度日如年这一事实。这些荒唐言会加剧这一倾向么？会使自己的心思不断地绕着这一主题打转，单调得像踩踏车①么？但是，我又能做什么呢？我必须服点麻醉药，而此刻，阅读绝非一帖够强的药。藉着把全部（全部？——不！不过千头万绪之一而已）心思写下来，我相信自己稍能置身事外。这就是我为自己写这手记所作的辩护。然而，妻极有可能会从我的辩词中看出漏洞来。

不只孩子们这样反应，丧妻还带来一个匪夷所思的阴影，那就是我察觉到，自己让每一个遇见我的人都感到很尴尬。无论在工作场所，还是在社交场合，或者在大街上，我发现，当别人朝我走过来时，都踌躇着是否要说几句节哀顺变的话。他们若说了，我会反感；若不说，我还是会反感。有人干脆躲起来，R已经避开我一个星期了。我最能接受

---

① 踏车是旧时一种惩罚囚犯的刑具。——译注

的倒是那些教养得当的年轻人，尤其是那些男孩子，瞧他们迎面走来的表情，好像我是个牙医。他们的脸刷地变得通红，勉勉强强寒暄几句，随即在礼貌许可下，赶紧溜向酒吧。也许，丧偶的人应该像麻疯患者一样，最好被隔离在专门的防疫区。

对有些人而言，我不只让他们感到尴尬，更糟的是，我简直就是死亡的化身。无论何时，只要遇到一对幸福的情侣，我就能感觉他俩都在想："我们当中不知哪个，有天会如他这般孤家寡人？"

起初，我很害怕重游那些妻和我曾经度过美好时光的地方：我俩喜欢的那间酒吧，我们爱去的那片树林。不过，我后来还是决定立刻故地重游。这就像飞机失事后，会立刻派飞行员过去一样。然而，出我所料，这些地方与其他地方没有什么区别。妻已不在的事实在这些地方并不比其他地方显著。伊的亡去原与地方无关。我想，如果有个人被禁止吃盐，他不会觉得，一种食物比起另一种食物，味道更咸、盐分更重。整体说来，应是一天的三餐通通失了味。正是这么一回事，生活彻底改变了。妻已不在了，这事实像天空一样笼罩一切。

不,这样说并非完全正确。在某一处地方,妻已不在的事实,会引起我的切肤之痛。这一处地方,是我无法逃避的。我指的是自己的身体。当它作为妻爱人的身体存在时,意义完全不同。而现在,它彷佛一栋空空荡荡的房子。不过,我还是别自欺了,一旦我认为这具皮囊有了什么毛病,它马上又变得重要起来。这日子不远了。

癌症!癌症!还是癌症!我的母亲,我的父亲,我的妻子。我不知道下一个还会轮到谁。

然而,当妻饱受病魔折磨,在弥留之际,也清楚知道自己不久将辞别人世时,竟然说她已经不像从前那样恐惧癌症了。当事情来临,事情的名称和概念,在某种程度上是多么苍白无力。我几乎可以理解这到底是怎么回事。这一点非常重要——我们从未遇见癌症、战争、不幸(或快乐)本身;我们所遇见的只是临到眼前的每一时每一刻,只是这些时刻里各种各样的荣辱浮沉。最美好的时光里总会有许多缺憾叹息;最糟糕的岁月里也会有许多美好点滴。我们从未遭遇所谓的"事物本身"的重创,这样的称谓本来就是错的。事物本身不过是这些荣辱浮沉的总和;名称或概念倒在其次。

当一切希望都化为泡影后，我们有时候竟然还在一起度过了许多欢乐时光，想想看，真是不可思议！妻临终之夜我们一直在一起促膝谈心，时间是那么地长久，气氛是那么地静谧，心灵是那么地被爱润泽着。

然而，说在一起，也未必尽然。"夫妻二人，成为一体"是有限度的，你无法真的分担另一个人的软弱、恐惧或疼痛。你可能感觉很难受，那也许是别人也能明显感觉到的一种难受，但当别人断言这种感觉如何如何时，我表示怀疑。即使对方真能感同身受，还是大有区别的。当我言说恐惧，我指的是纯粹动物性的恐惧，是微小生物面对自身毁灭时的胆怯畏缩，是一种可以令人窒息而死的感觉，是觉得自己犹如笼中之鼠的无奈滋味。这种微妙感受，只可意会，不可言传。的确，心灵可以共鸣，肉体较难同感。另外，情人们的身体尤难同感。两人之间一切爱的缠绵倦怠早已培养了他们对彼此身体的感应。那种感应，不是相同的，而是相辅相成的，甚至是相异相反的。

我和妻都意识到这点：我自有我的苦楚，不关她的；她自有她的苦楚，不关我的。她苦楚的结束正是我苦楚的开始。我们走着分道扬镳的路。这一冷冰冰的事实，这一可怕的交通规则——"你，女士，右边请。你，先生，左边请。"——只是死亡这一隔绝的开始。

我以为，这种隔绝，会临到所有人。一直以为妻和我特别不幸，竟然被这样拆散了。但是，天下有情人，大概皆难幸免。有一次，她对我说："即使我俩碰巧在同一时间去世，就像现在这样并肩躺在这里，仍是一种隔绝。这与你所害怕的另一种情形，有什么两样呢？"当然，死后会怎样，那时的她还无法**参晓**，就像现在的我仍无法参晓一样，不过，那时她已濒临死亡，大概能够一语中的。她曾引用过一句话："孤独进入孤独"，她说死亡的感觉就是这样。是啊，怎么可能是别的样子呢？把我们聚在一起的，正是时间、空间和肉身。正是因为有了这些线路，我们才得以沟通。剪断其中一端，或同时剪断两端，无论哪一种情况，沟通都会戛然而止，不是吗？

除非你能想出其他的沟通途径——方式完全不同，功能却完全相同——立刻取而代之。但即使如此，又有什么理由可以解释为何要把原来的线路切断呢？这样，神岂不像个小丑，前一刻先把你手里的一碗汤鞭打在地，下一刻，又送给你另一碗完全相同的汤？即使大自然都不是这样的一个小丑。她从不会两次都弹奏同样的曲调。

有人说："根本没有死亡"，或说："死亡算不了什么！"对这种人，我忍无可忍。死亡就摆在这里，而且，实际存有的事都不容漠视，任何发生之事有始就必有终，死亡和事情的结局又都是无法撤销、无法挽回的。为何不说一个生命的诞生也算不了什么呢？我抬头仰望夜空，有什么比这更确定的呢？——即使我被容许到处寻索，在这么广袤的时空里，我仍然找不见她的容颜、听不见她的声音、触摸不到她的抚慰，她死了。她已经死了！死，这个字难道那么难懂？

我所有她的照片都不尽如意。我甚至无法在想象中清晰地看见她的面容。可是，今天早上，茫茫人海中，我看见一面容古怪的陌生人，晚上，当我闭起眼睛，那古怪面容竟栩栩如生浮现脑海。毋庸置疑，理由非常简单，我们曾在各种不同的景况中看过熟悉之人的面容，那么多不同的角度，不同的光线，不同的表情——或醒、或睡、或笑、或哭、或食、或言、或思——所有的印象蜂拥而至，涌入记忆，然而又重重叠叠,朦朦胧胧。不过,她的声音犹仍在耳。那记忆犹新的声音——无论何时,都能把我重新变成一个抽嗳哭泣的小男孩。

乔伊的侧脸像。她是路易斯的"奇迹",他们的结合是
当时文学界的浪漫佳话之一。

第二章

第一次回头重读这些手记,读得我心惊胆战。从我的言说方式来看,任何人都会以为,妻之死,遭影响最大的就是我,她自己的观点似乎倒是无足轻重的。我岂能忘记她在心酸之余哭喊过:"还有那么多值得活下去的东西呢!"对她而言,幸福姗姗来迟,即使再活一千年,也不会使她变成一个**厌世主义者**。她对一切趣味的鉴赏,无论是感性上的,还是智性上的,或是灵性上的,都显出其清新纯真、兰心蕙质来。任何东西她都会好好珍惜。她爱物之广,惜物之深,甚过我所有认识的人,就像一个饥饿久未得饱足的贵族,好不容易遇到了可口的食物,正欲大快朵颐之际,食物却被抢夺。命运(或无论它叫什么吧)总喜欢先创造一种雄才伟力,然后再摧毁之。贝多芬不就聋了么？按我们的标准来看,这实在是一个卑劣的玩笑;是心怀恶意的白痴所要的猴把戏。

我应该多想想妻,少想想我自己。

是的。这听起来很不错,但实际上行起来难矣。我几乎无时无刻不想着她,想着她真实的点滴——一言、一行、一视、一笑。但把这些真实的点滴剪裁和荟集起来的,却是我自己的思维。她死后不到一个月,我已经感到有种东西开始潜滋暗长,开始把我思念的妻一点点地变成一个越来越虚幻的女子——当然,这虚幻是建立在真实之上的虚幻。我自己不会(或说,我希望自己不会)在记忆里掺杂任何虚构的东西。但是,难道这编织而成的真实,就不会日益变成我自己的假想么？更可怕的是,如果这种变化还是必然的呢？现在,没有什么事实可以核查真伪,没有什么能挑我的错——就像妻过去经常做的那样——经常出人意料地所做的那样,只是为了让自己活得绝对本色真实。这点,我望尘莫及。

婚姻带给我的最珍贵的礼物,便是一种持久性的磨合——这是两个个体间既合一又独立、既相依又相离的张力关系所带来的磨合。一言以蔽之,它很真实。难道现在这磨合不得不戛然而止?难道仍被我称为妻的她,将可怕地幻化成我单身时代吐着烟圈吞云驾雾中所做的一枕黄粱梦?哦,亲爱的,亲爱的,回来吧!哪怕片刻也好呵!来把这讨厌的幻象赶走!哦,神啊,神啊,为什么你偏要多此一举?如果明知这条受造的小生命此刻注定得缩回——被摄回——壳中,当初又何必逼它出壳?

今天,我必须见一位已经十年未曾谋面的人。此前,我一直以为自己对这人记忆犹新,包括他的相貌、他的谈吐、他喜欢的话题。但真与他重逢后,五分钟不到,我记忆中的那个形象便完全给粉碎了。并非他变了,恰恰相反,我不断地想起——是的,当然,当然,我忘了他是这么想的——忘了他讨厌这个,或者他原来认识某某,也忘了他会惯性地把头往后扬。这些细节,我从前本都知道,但再次看到这些细节时,才重新记起。可是,在我心底有关他的记忆图景中,这些个体特质却早已悄然消隐。当他本人带着这些特质重新出现时,其整体感觉,与十年来存在记忆中的那个形象,差异竟如此惊人。我怎敢奢望这样的现象不发生在我记忆中的妻身上呢?这过程不是已经开始进行了吗?——缓缓地、静静地,犹如雪花片——要下一整夜的小雪花片,我的那些小雪花片,我的追忆,我的剪裁纷纷飘落在她的形象上,最后,把她的真实形象全部遮蔽。其实,真实的妻只要出现十分钟——十秒钟——就能澄清这一切假象。然而,即使给我这十秒时间澄清,一秒过后,那小雪花片又会开始飘落。妻那粗犷的、犀利的、荡涤人心的本色,又将烟消云散。

"她将永远活在我的记忆中。"多么可悲的一句讳言!**活**?妻最不愿意的就是这样活着。你以为像古埃及人那样,在死人身上抹上香料,就能长久保持他们不腐烂?他们的确已经去了,难道我们没办法接受这一事实么?人死了剩下什么呢?一具尸骨、一缕回忆、一袭幽魂(有些故事这么说)——这些尽是嘲弄和吓人的说法。总之,是拼出**死**这个字的另三种方法。我爱的是妻本人;这句话说来却好像我爱的是记忆中的她——我自己心中的一帧影像。这有点近乎乱伦。

记得很久以前某个夏天的早晨,让我大吃一惊的一幕。当时,一个五大三粗、劳工模样的壮汉,兴高采烈地拎着锄头和水壶走进我们教堂的墓地。他一面拉上身后的篱门,一面回头冲着两个朋友喊："赶明儿见，俺去瞧瞧俺妈！"他指的是除除草、浇浇水等清理母亲坟茔之类的事。我之所以大吃一惊，是因为对这种情感方式以及教会墓地的什物，一直颇反感，甚至无法苟同——过去如此，现在也如此。然而近来我开始寻思，如果这个人的说法可以当真（我则对其持保留态度），倒也无不裨益。一块六尺长三尺宽的花圃就是妈妈，就是他眼中妈妈的象征，就是他与她之间的牵连。料理花圃，就是看望妈妈。从某种意义上说，这难道不比在记忆深处珍藏和摩挲一帧影像更好？坟墓和影像一样，都是超乎想象之物的象征，都是我们与无法挽留之物之间的牵连。不过，影像另有额外缺憾，你希望它怎样，它就变为怎样。影像会随你心情而定——或笑，或颦，或庄，或谑，或俗，或辩，犹如一具由你持线任意摆布的傀儡。当然，也非完全如此，因为现实还十分鲜活；感谢神，那些真实的、完全不受我左右的记忆犹能在任何时刻涌上心头，从我手中把那线给扯断。不过，影像不可避免的奴隶性，及令人乏味的依赖性，注定会与日俱增。相比之下，花圃却是现实的一部分——独立不羁、难以驭控。就好像那位妈妈在有生之年必定如此。就好像妻从前也如此。

也许，妻现在仍是如此。然而，说实话，我真相信她还存在吗？我所遇见的大部分人，譬如工作地方的同事，肯定认为她现在不存在了，虽然他们不会把这想法强加于我，至少现在还不会。我自己真正的想法呢？困惑和惊愕抓住我不放。一种不真实的感觉让我毛骨悚然——彷佛自己正对着一片空茫谈论着一个根本不存在的东西。

反应不同的原因其实很简单。任何事情，除非其真伪与你生死攸关，否则你无法知道自己对它是否真正相信。一条绳子如果只用来捆扎箱子，你当然可以轻而易举地说自己相信它够坚韧结实。但是，假如你身垂悬崖之下，得靠这条绳子来救命，那时，也是破天荒头一次，你才会察觉自己对它的信赖度究竟有多大。对人的信赖度也是一样。几年来，我对 B. R. 可说十分信任了，直到有一次，我得决定是否应将一个相当重要的秘密告诉他时，我才开始重新审度我对他所谓的"信任"到底有多少。我发现其实不过如此。的确，时穷节乃见，烈火见真金。显然，那让我能为其他死者祷告的信心——我以为是信心——似乎够强，乃是因为我从未真正在乎过，起码没有非如此不可地在乎过——这些人是否还继续存在。虽然我原以为自己非常在乎。

但是，又有新的问题了。"她现在在哪里呢？"换句话说，**此时此刻**，她在**何处何方**？然而，现在的妻若非肉身——我从前所慕的那具肉身肯定已不再是妻了——那么，她就根本不存在于任何地方。再说，"此时此刻"原指生者的时间线系里的一个年日或一个点。就好像她单独出行，我不在伊人身旁，却看着表说："我想她此刻正在尤斯顿。"不过，除非她正按与我们同样行经的一分 60 秒的时间线系往前去，否则，**现在**到底意味着什么？如果死者不是活在时间里，或者不是活在我们界定的时间里，当我们谈到他们，在**过去**、**现在**、**未来**之间，有任何明显的区别吗？

好心人对我说："她现今与神同在。"从某层意义看，这是再确切不过的了。现在的伊像神一样，无法理解、超乎想象。

不过，我发现，无论这问题本身有多么重要，对丧妻之恸来讲却无足轻重。假如伊和我共度的这几年尘世生活，其实只是两个无法想象且超然于宇宙之外的永恒之物的根坻、序曲，或人间的表象，那么，不妨将这此物想象为球体。天然生命的平面与它相切的地方——换句话说，在尘世生活里——它们以两道圆（圆是球体的切面），两道有交集的圆，出现。这两道圆相交的点，正是我哀悼、思念和渴求的东西。你告诉我:她走了。我的身心却都在呐喊:归来吧!
归来吧!化作一道圆,在天然生命的平面上与我的那一道
圆相交。然而,我知道,这是不可能的,我所渴求的,正是我
永远再也得不到的。往日的生活,那些嬉笑、畅饮、争执、交
欢,那些想来令人心碎的日常琐事。无论从哪个观点看,说
"妻死了"等于说"这一切都过去了"。它们已成为过去的一
部分。过去已经过去。这就是时间所意味的,时间自身正
是死亡的另一个名称。而天堂自身则是一种境界,在那里,
"以前的事都过去了"。[①]

如果对我谈信仰的真实性,我会乐意垂听;如果对我谈
信仰的义务,我会洗耳恭听;但千万别对我谈信仰给人带来
的安慰,我会怀疑你根本不懂。

当然,除非你照字面的意思相信:家人"在遥远的彼岸"
的重聚,完完全全像世俗意义上描绘的那样。不过,这样的
描绘根本不符合《圣经》,而是出自于拙劣的赞美诗和版画。
《圣经》中实在找不到片语只字提及这件事。而且,这样的

---

① 引文见《启示录》21 章 4 节:神要擦去他们一切的眼泪。不再有
死亡,也不再有悲哀、哭号、疼痛,因为以前的事都过去了。——
译注

刻画让人一听便觉得不对劲。我们**明明知道**不可能是这样子的。现实不会重演。一样物质若消失了，不可能又复现。那些灵媒太懂得姜太公钓鱼，愿者上钩之道。"这边也没什么两样，"他们说，天堂里也有雪茄。太好了！这是我们都喜欢听的——快乐的往昔又重现了。

这不正是我所呼求的吗？在狂怒中，在午夜的意乱情迷中，在对着空气吐诉的山盟海誓中，所呼求的？

可怜的 C 这样劝慰我："你们不要忧伤，像那些没有指望的人。"[1]我大吃一惊。显然，这应是说给比我好的人听的，像我这样的人永远做不到。圣保罗的这句话只能安慰那些爱神甚过爱亡者，爱亡者又甚于爱自己的人。如果一个母亲，不为自己所失丧的哀哭，而是为她死去的爱子所失丧的哀哭，那么，对这孩子受造之目的并未落空的信心，的确能带给她安慰。相信她自己虽然失去了主要或唯一的快乐，却并未失去更伟大的使命——她仍可以"荣耀神，并且永远享受神"——这也是一种安慰，对她以神为目标的永生

---

[1] 引文见《帖撒罗尼迦前书》4 章 13 节：论到睡了的人，我们不愿意弟兄们不知道，恐怕你们忧伤，像那些没有指望的人一样。——译注

之灵的安慰。但对她的母爱则不然,那独一无二的天伦之乐从此被剥夺了。任何地方或任何时刻,她再也不能把儿子抱在膝上,不能为他洗澡,不能给他讲故事,不能为他的未来设计蓝图,更别说抱孙子了。

他们告诉我妻现在很喜乐。他们告诉我她现在很平安。他们凭什么这样肯定?我并不是指我害怕最坏的厄运会临到她。因为她的临终之言大意是:"我与神和好了。"她以前并非总是如此恭顺的,而且,她从不撒谎,也不轻易盲从,更不会为了自己的好处说谎或盲信。所以,我并不是指这点。但他们凭什么这样肯定所有的痛苦会随着死亡而结束?一半以上的基督徒和几百万的东方人,相信的完全不是这样。他们怎么知道她现在很平安呢?难道生死离别(如果不是别的)——只会让留在世间的那位为情所困,痛苦万分——而撒手尘寰的那位却能太上忘情,无痛无苦?

"因为她在神的手中。"若是这样,她从来都在神的手中。我已看够这双手在世间如何对待她。难道我们一离开躯壳,这双手会立刻变得温柔起来?若是这样,为什么?如果神的良善与神会伤害人这两个属性相互抵牾,那么,要么神并不良善;要么神并不存在。因为在我知道的仅此一生中，祂对我们的伤害，超出我们最深的惧怕，超出我们最坏的设想。如果神的良善与神会伤害人可以相容，那么，祂便能在我们死后仍旧伤害我们，就像生前那样让人忍无可忍。

有时，说"神赦免了神"并不难。有时，这样说又太难。但是，如果我们所信的是真的，神并未这样做。祂乃是把祂钉在十字架上。

说啊，逃避现实给我们带来什么好处？我们正活在无法逃避的苦难里。事物的真相，加以逼视，不忍卒看。而且，这事物真相怎么样或者为什么会随处开花结果（或腐烂生霉），形成一种可怕的现象，并称之为意识？它又为什么生出像我们这样的受造物，能看穿它，看穿之后，又在憎恨中畏缩不前？有谁（更奇怪了），却情愿看穿它，并且不辞辛苦地挖掘它，即使没有任何需要催逼，即使所见的景象在自己心中留下无法愈合的溃疡？——只有像妻这样愿不计一切代价来求得真相的人。

如果妻"现在不存在"了，那么，她便从未存在过。是我误把一堆原子当作一个人。而且，按此理，现在并不存在也从未存在过任何人。死亡不过暴露了一直都存在的虚无。

被我们称为生者的，不过是面具尚未被揭下的那些人。所有人都同样破产，只是有些人尚未当众宣告而已。

不过，这样说也是荒谬；向谁揭露虚无呢？向谁宣告破产呢？向一盒盒烟火或一堆堆原子？我绝不相信，更严格地说，我无法相信——一堆物理事件能把错误加在另一堆物理事件上。

不，我真正的惧怕与唯物主义无关。如果唯物主义是真理，我们——或被误称为"我们"的——倒是可以从苦难中逃脱了，多吃几颗安眠药就成了。我最怕的是，原来，我们是陷在捕鼠器中的老鼠，或者比这更可怕，是实验室中的老鼠。我相信有人说过："神总是将事物作几何式拆解"，但倘若是"神一直都在进行活物解剖"呢？

迟早我都得实实在在地面对这问题。除了我们自己迫切的希望之外，我们凭什么相信，根据任何能想得到的标准来看，神都是"良善"的？所有**表面上确凿**的证据不正恰好指向相反的可能？我们用什么来反驳这些证据？

不错，我们可以用基督来反驳。但是，假如我们误会祂了呢？祂临终之言再清楚不过了。祂已经发现那被祂称为父的，竟然与祂向来所设想的极不一样，太不一样了！那个圈套，那个谋划了那么长久，准备得那么精心，诱饵又那么巧妙的圈套，终于在十字架上，一触即发。那卑劣的恶作剧成功了！

一想到我和妻的那些祷告最终都是徒劳，那些希望最终都是假象，便不想再祷告，也不再报什么希望。这些希望并不是单出自于我们自己的天真想法，也是错误的诊断、X光片、病势奇异般好转和甚至可列为奇迹的短暂痊愈所激发的。这些希望鼓舞我们，甚至使我们过度乐观。于是，我们一步步"被引领通往花园的幽径"。然而，当我们觉得神最恩待我们时，殊不知，祂正在准备着下一次的折磨。

这是我昨晚写的，与其说是理性的思考，不如说是情绪的发泄。现在，让我重新来过。相信神并不良善的想法合理吗？此外，神真有那么坏？——宇宙的施虐暴君？存心拨弄人的白痴？

这样形容，不说别的，未免太将神人格化了。仔细想想，这比把祂刻画成一个表情庄严、胡须修长的老国王还更拟人化。这类老王似的形象近乎荣格式的原型,大抵把神与神话传说中睿智的老国王、先知、圣人或巫师联想在一起。虽然依造型看,这是人的样子,但它已喻指超乎人的东西。至少,它让你得到一个概念,这一形象历史比我们悠久,知识比我们渊博,是你无法参透的。总之,它保留了神秘的性质,所以,有遐想的空间,你可以惧怕它,或者敬畏它——虽然,这惧怕未必是对当权者为非作歹伤天害理所萌生的畏惧。至于我昨晚所勾勒的图画,则完全是像 S. C. 这样的人的画像——他曾和我一起共进晚餐,告诉我当天下午他如何耍弄自己养的猫。像 S. C. 这样的家伙,无论多么大吹大擂,都无法发明、创造或治理任何东西。他只会设下陷阱,引饵上钩。但他永远也不会想到用爱、笑、水仙花或暮色苍苍的黄昏作饵。**这样的人创造出整个宇宙?**他甚至造不出一句笑话、一个鞠躬、一声道歉或一位朋友。

或者,透过一种极端的加尔文主义,严肃地引出神并不良善的结论?这听起来有点像走后门得来的。你尽可以说所有的人都堕落了,都败坏了,坏到一个地步,连我们关于良善的概念都一钱不值,或者,比一钱不值还糟糕——我们将某事物视为良善的这事实恰足以作为证据,来推知这事物其实是恶的。现在，我们最大的恐惧成真了，神的确具有一切我们认为恶的性情——毫无理性、爱慕虚荣、报复心重、缺乏公义、残忍严酷。但是，所有这些黑的（在我们眼里而言）其实是白的。是我们的败坏让我们误以为它们是黑的。

　　但，那又怎么样？单凭这点，为了一切实际的（和假想的）目地，便能像海绵吸水一样，把神一笔勾销。**良善**这个字应用到祂身上，变得毫无意义，就像 abrdcadabra 这样排序的一个字一样。我们没必要顺服祂，甚至也不必怕祂。的确，我们有从祂来的各样威胁和应许，但是，凭什么非要信祂？若从祂的眼光看，残忍是"良善"的，那么，说谎也可能是"良善"的。就算这些都是真的，又怎么样呢？如果神关于善的观念与我们如此大相径庭，那么，祂称之为"天堂"的，也许我们应称之为"地狱"，反之亦然。最后，如果事物的真相到头来对我们是这样的毫无意义——或者，反过来说，如果我们真是这样十足的白痴——那么，竭力思考有关神或其他事物有何意义？这个结，当你试若想把它拉紧时，它反而松开了。

　　为什么这样污浊、荒谬的想法会在我心中占据一席之地？难道任由感觉伪装成思想，就能让自己少些感觉吗？所有这些涂鸦简直就是无意义的挣扎，出自一个不愿接受这项事实的人：对于苦难，除了捱忍之外，人实在完全束手无措。这人还以为仍有办法（如果他能找到办法就好了）化解痛苦，其实，看牙医时，你是手紧拽着手术椅的扶手还是手平放在腿上，有何区别呢？无论如何，钻牙机还是继续钻下去。

丧妻之恸，感觉上，仍像恐惧，也许，更严格地说，像悬空，或像等待——恰如一颗心悬空在那里，等待着某事发生。这使生命蒙上了一层永恒而暂时的感觉，似乎任何事都不值得开始。我无法平静，我直打呵欠，我坐立不安，我拼命抽烟。妻逝去之前，我总觉光阴如驹，时间太少，现在，妻去了，什么都没有了，只剩下大把的时间。最纯粹的时间。空洞的指针的位移。

夫妻本是共为一体，或者，按你喜欢的话说，本如共济一舟。现在，右边的引擎已经给浪冲走，我这左边的引擎，还得嘎擦嘎擦地向前拖动，直到抵达港口，或更确切地说，直到旅程结束。但我怎敢断定那将会是港口？也许只是避风岸。也更可能只是漆黑的夜、震耳欲聋的风，以及前方的浪。而任何闪烁在陆地的灯光也许只是打劫者作为诱饵的信号。这曾经是妻，也曾经是我母亲搁浅的岸滩。我是说，这只是她们的暂息处，而不是她们的归宿。

路易斯,摄于一座英国乡村教堂外

第三章

说我时刻不停想念妻,并非属实。工作时,还有与人交谈时想她是不可能的。不过,那些不想她的时刻,恐怕是我状态最糟糕的时刻。尽管我记不清为何会如此,感觉上每样事都似乎出了差错,不那么对劲——这就好像有些梦境,并没有发生什么可怖的场景,甚至你若在饭桌上提起它也不会让旁人大惊小怪,但整个梦境的气氛,整个梦境的感受,梦里所有的一切都是那么的死气沉沉——我现在的状态也是如此。我看见那花楸浆果在变红,却一时想不起来,为何在一切物品中,它会让我如此触目伤怀?我听到那钟声在敲响,却一时想不起来,为何它曾有的某种音质现在显得如此喑哑?这世界究竟怎么啦?是什么让它变得如此单调残破、不堪入目？这时，我才想起为什么……

这是我所惧怕的事情之一。那些痛楚，那些令人发狂的午夜，终将，终将在时间的流程中，渐渐逝去，但接下来的是什么呢？仅仅是这种心若枯槁么？仅仅是这种身如死寂么？是否有一天我会不再苦苦询问为何这世界犹似一条残破的街道了？是否因为那时我已经对这悲惨世界习以为常了？是否这悲恸最终会沦落为百无聊赖、恶心反胃的感觉？

感觉，感觉，又是感觉。我还是不要去感觉，试着去思考吧。从理性角度来看，妻的死为宇宙的奥秘带来什么新的因素？它凭什么竟能让我怀疑自己全部的信仰？我早已知道，不幸之事，还有比这更不幸的事，天天都在发生。应该说，这些我都考虑过，有人提醒过我，我也提醒过自己，不要顾念尘世的幸福，况且神也未曾应许我们不遇患难，恰恰相反，患难本是神计划的一部分。我们甚至被告知："哀恸的人有福了。"[1]我接受。我从没有指望凭空得到什么。当然，不幸之事发生在自己身上，而非别人身上，发生在现实

① 引文见《马太福音》5章4节：哀恸的人有福了，因为他们必得安慰。——译注

世界中,而非想象世界中,是有差别的。但是,对一个有真实信心,又真心关怀他人疾苦的人而言,上述有那么大的差别么?情况显而易见。如果我的房子一阵风来也能吹塌,这也只能归咎于它本来就是一座纸房子。"瞻前顾后"的信心不是信心而是想象,瞻前顾后本身也不是真正的同情。如果我真的如自己以为的那样,关心这世界的悲痛,当我自己的悲痛临到时,就不应该如此沉溺其间。这不过是想象出来的信心,用无足轻重的筹码下注,注上标着"疾病"、"疼痛"、"死亡"和"孤独"。我一直以为我相信这根绳子,直到现在它是否能托住我这个问题变得生死攸关时,我才发现我其实并不相信。

打桥牌的人告诉我打牌非得赌点钱,否则,没人肯认真打牌。显而易见,信仰之牌,也是如此。你叫出的牌——是有神还是无神,是良善的神还是宇宙的施虐暴君,是永生还是虚空——若赌注不过尔尔,你便会等闲视之。直到赌注水涨船高,高得吓人,直到你发现自己下的赌注不是几个筹码或六个便士,而是你在世上的全部家产,你才会意识到这场赌局有多重要。少于此注,不可能把一个人——一个像我这样的人——从纯粹的言语思维和纯粹的抽象信仰中撼醒。只有当头棒喝,才能醍醐灌顶。只有严刑逼供,才能真相大白。只有饱受苦难折磨，他才能自觉去发掘真相。

我也必须承认——在某些"不叫牌"的时候，妻也会逼我承认——如果我的房子是纸房子，它坍塌得越早越好，而且，唯有苦难才能让它坍塌。但随之而来，祂是宇宙的施虐暴君或永存的活物解剖者，就变成无关紧要的假设了。

上一则手记是否显明了我的无可救药？当现实把我的梦想碾为粉碎时，初受打击，我忽而抑郁，忽而咆哮，继而又小心翼翼、痴心妄想重新把它拼凑回来？而且，一直都在这么做？不管这纸房子塌了多少回，我都会塌了重建？此刻，我是否正汲汲于此？

的确，极有可能，我所称之为"信心重建"的东西，倘若出现，会再度被证明为只是另一座纸房子。我不知道是否真是如此，非得等下一次打击临到——比如，我的身体也被诊断出患上不治之症，或战争爆发了，或由于工作上某些严重失误弄得我自己身败名裂——才能见分晓。不过，这里有两个问题，从何种意义看，这是一座纸房子？因为我所信的只是一场梦？或我只是做梦自己相信他们？

至于事物的本相,凭什么我一周前的想法要比此刻较明晰的想法更可靠呢?大体而言,现在的我肯定比一个星期前清醒。难道一个头晕目眩的人在绝望中的臆想——我曾说过,像脑震荡的感觉——会很可靠?

难道是因为在那些臆想里没有什么痴人说梦?难道是因为那些臆想太耸人听闻了,所以更接近事实?但是,有提心吊胆的梦,也有满怀憧憬的梦。它们都淡乎寡味么?不,从某种意义说,我是喜欢的。我甚至察觉,自己还多少有些不情愿接受与之相反的思想。其实,当我论及宇宙施虐暴君等等,与其说是深思,不如说是泄愤。从中我尝到了在痛苦中的人所能尝到的唯一乐趣——反击的乐趣。其实那纯粹就是些污言秽语而已:"且让神听听我对祂老人家的高见!"当然,就像所有极尽辱骂之能事的措辞一样,说"我这样认为"并不意味"我真的这样认为"。我考虑的仅仅是怎样最能激怒祂(和祂的忠实信徒)。说这类的话再痛快淋漓不过了(一吐胸中块垒),一时之间,你觉得心情好多了。

但情绪的宣泄并不足为凭。猫儿对向它开刀的人,肯定会又吼叫,又吐口水,又伺机反咬,但到底那开刀的人是兽医,还是活物解剖者呢?这才是问题关键所在。而猫的脏话根本不能帮助解决这问题。

当我思及自己的苦难,我倒也能相信祂是一位兽医。但当我思及她的苦难,却较难相信这点。心灵之痛与肉体之痛相比,哪一种更剧烈呢?在最糟糕的情况下,让人无法忍受的思想也会有起落平息之时,但肉体的疼痛却总是经久不止的。心灵的创痛像一架轰炸机在上空盘旋,每飞一圈下一颗炸弹。而肉体的疼痛则像第一次世界大战中持久的壕沟战,枪林弹雨连续几个小时,没有片刻的停歇。思想永无止息;疼痛则不然。

我算什么样的爱人?终日所思的尽是自己的痛苦,何曾想过她的艰难?甚至那发疯似的呼唤(归来吧!)也全是为了自己。我甚至从未质疑过,这样的归来,若有可能,对她好吗?我渴望她魂兮归来,以便能挽回自己的过去。但我可不希望让她受更多的苦。她已尝过了死味。叫她再起死回生,在将来某日,再经历一次死亡?人们称司提反为第一个殉道者;其实,拉撒路的第二次死亡岂不更残酷?

我开始明白了,我对妻的爱与我对神的信心有很多相似之处,但我不想夸大其词。信心里是否不该有半点想象?

爱里是否不该有半点自私？神知道，我不知道。也许有那么一些些吧，尤其在我对妻的爱里。但两者皆非我所以为的那样。两者都是一大堆的纸房子。

我如何节哀顺变，或者我如何慧剑斩情丝，很重要吗？我如何悼念她，或者我是否悼念她，很重要吗？这些选择，都无法减轻或加重她已逝的痛苦。

已逝的痛苦？我怎么知道她所有的痛苦都已过去了？我从来都不相信——我认为完全不可能——那绝对信靠神的灵魂在咽下最后一口气的霎那，能一跃进入圆满和安息中。这只是眼下拼命想要牢牢抓住信仰的痴心妄想罢了。妻是一个巾帼女杰，灵魂如剑，一把端直雪亮、千锤百炼之剑。但她绝不是一个完美的圣徒，而是一个有罪的女人，嫁给一个有罪的男人。我们是神的两个病人，还没有被彻底医治。我知道，不只眼泪需被擦干，罪污也尚需被洗净，那时，这把剑才会锻造得更明更亮。

但是，神啊，你轻点，轻点。你一月接一月，一周复一周地折磨她那卧在轮椅上的身子。她可是一直披着这一副病体残躯呵！难道你还嫌不够么？

可怕的是，一位纯然良善的神竟让这种惨事发生，其可怕程度几乎不亚于一个宇宙施虐暴君，我们越相信神鞭伤是为医治，就越怀疑求神高抬贵手刀下留情能否行得通。一个残暴之徒可能被人收买——可能厌倦了他的作恶生涯——可能偶尔也会良心发现，就像酗酒之徒偶尔也会戒戒酒一样。但想想看，如果你遇见的是一个完全出于好意帮你的外科医生呢？他越宅心仁厚，越有责任感，开刀时就越难留情。如果他答应了你的哀求，如果他在手术结束前就住手，那么你先前的疼痛岂不是白受了？然而，是否应该相信这般残酷的磨难对我们真有必要？好吧，你自己选择。磨难总在发生。如果这些磨难没有必要，那么，要么神不存在，要么神非良善。如果真有一位良善之神，那么，这些磨难是必须的。因为，若磨难没有必要，即使一个稍有恻隐之心的生灵也不可能让人经受磨难或允许磨难存在。

非此即彼。我们必须选择。

有人说："我不怕神，因为我知道祂是良善的。"他们何出此言？难道他们没看过牙医么？

那可是难以忍受的事啊！接下来，你或许会很冲动地说一句："不管有多苦，有多糟，只要能替她受，让我来担当吧！"可惜，因为没有下任何赌注，你根本不知道这场赌局有多严重，除非突然间真有这种可能了，我们才会发现自己到底有几分当真。不过，这种可能发生过吗？

经上告诉我们，这种可能在那"唯一的一位"身上发生过。我发现自己现在能够重新信靠了。祂替我们成就了一切可成就之事。祂这样回应我们的冲动之语："你无能力担当，也无胆量担当；而我有这个能力，也有这个胆量。"

相当意想不到的事发生了。是今天一大早发生的。原因很多，并非完全神秘使然。我的心情是好几个月来最轻松的。首先，我自忖体力已经从彻底的疲乏中恢复过来了。昨天一整天，我虽然劳碌奔忙但精力充沛，晚上，睡得也比以前香。而且，经过十多天的阴霾，以及闷热潮湿的气息后，阳光普照大地，微风拂面而来。也就是此刻——我对妻的思念最淡，对她的记忆却最深！这是我始料未及的。实际上，这是一种比记忆更加深邃的东西。一种瞬间的、来不及回应的印象。但说它是一次相遇又太过了。然而，的确，是有某种意味，让我情不自禁用这样的字眼，似乎愁怀一释除,障隔就挪开了。

为什么没有人告诉我这些？若换了另外一个人在同样处境下,我误解他该是多容易呵！我可能会说:"他现在走出来了。他终于忘掉他妻子了。"而真相却是:"他比从前更怀念她了,**因为他慢慢有了平常心。**"

这才是事实。而我相信自己能够明白个中三昧。当你泪眼模糊时,什么也看不清;当你拼命想要得到渴求的东西,通常一无所得,即使得到了,也不会是最好的部分。"现在,让我们好好谈一谈!"的命令只会让大家更默然不语;"我今晚**非得**好好睡一觉不可"的刻意只会导致数小时未眠。渴得半死的人将美酒佳酿狂饮一通,实在是暴殄天物;同理,当我们怀念已逝的亲人时,不正是过分的不舍才导致那森森的"铁幕",并让我们觉得眼前一片茫茫的虚无?"求问心切的人"就是得不到。或许是不能得到。

这样看来,或许求问神也是如此。我逐渐意识到,那门不再是紧紧闭着,重重栓着的。不正是我自己的抓狂才导致门在我面前怦然关上吗?当你的心灵深处只剩下了呼求之声时,神无法搭救你,就像落水的人,狂抓一通,别人怎么帮他？可能正是你自己反反复复的嘶声喊叫，让你听不见你想听见的声音。

另一方面，有道是"叩门的，就给他开门"。① 但是否叩门就得像疯子一般又撞又踢的？还有一句"凡有的，还要加给他"。② 别忘了，你得有接受的容量，否则，神再全能，也没法给你。也许你自己的血气暂时破坏了这能力。

因为，在属灵经历中，什么样的误解都可能发生。很久以前，在我们还未结婚时，有一整个上午，妻一边做事，一边有灵异之感，隐隐觉得神（姑且这么说）就在"她身边"，召唤她的注意。当然，由于她不是一个十全十美的圣徒，自然以为就像通常有的情况，圣灵提醒她某些未忏悔的罪或某些未尽到的本分。最终，她顺服下来——我知道人多么善于搪塞——面对祂。但没想到，神给她的话却是"我要**赐福**给你"。她马上变得喜乐起来。

_____

① 引文见《路加福音》11 章 10 节：因为凡祈求的就得着。寻找的就寻见。叩门的就给他开门。——译注
② 引文见《马太福音》13 章 12 节：凡有的，还要加给他，叫他有余，凡没有的，连他所有的也要夺去。——译注

我想我开始体会到为何悲恸之情犹如悬空之感了。许多习惯性的冲力受挫。我终日所思、所感、所行，全以妻为目标。现在目标消失了，而我还是习惯性地把箭搭在弦上，随后忆起，不得不放下箭来，那么多路都让我想起妻，我踏上其中一条，但前面却横着不可逾越的关隘。曾经条条是通衢大道，现在却**穷途末路**。

一个好妻子是将多重角色集于一身的。对我而言，妻无所不是。她是我的女儿兼母亲，我的学生兼老师，我的臣民兼君王。而且常常千变万化，还是我忠实的同志，朋友，旅伴，战友，以及我的女主人。但同时，又不亚于我的任何男性朋友之于我的价值，甚至更甚。如果我俩从未陷入爱河，也会常常聚在一起，难免招惹一些流言。因此，一次我曾夸她颇有男性美德。但她马上针锋相对，问我是否愿意听到别人夸我有女性美德？这反问真是**一针见血**。亲爱的，然而，你的确有点亚马逊女子（Amazon）彭忒西勒娅[①]

———————

[①] 彭忒西勒娅（Penthesileia）是希腊神话中战神阿瑞斯的女儿，亚马逊部落的女王。她曾率领十二位亚马逊女战士参与特洛伊战争，帮助特洛伊人对抗希腊人，后被希腊英雄阿喀琉斯所杀。——译注

及卡米拉①等巾帼女杰的特质。而且,你也很高兴自己有这样的特质,我也很高兴。而我能欣赏你的这种特质。你也很高兴。

所罗门称他的新妇为妹子。一个女人能算是个完整的妻吗?若非有些时刻,因着某种独特情怀,她的男人忍不住要称她一声"哥哥"。

"好花不长开,好景不长在。"我不禁要如此形容我们的婚姻。不过,可以作两种解释:一种解释相当悲观——好像神一看到祂所造之物中有两人恩爱喜乐,就要立刻拆散这段良缘(休想百年好合!);又好像祂是社交酒会上的女主人,一看到两位客人有互通款曲的苗头,就会马上把他们隔开。另一种解释则是"这段婚姻已经非常完满。已经达到了神起初设计婚姻的目的。故而不必再持续下去了"。神仿佛在说:"好!你们已将这堂课的内容融会贯通,我对此很满意。现在,你们要准备进入下一课了!"当你已经学会二次方程式,而且运用自如,你不会再停留在此阶段,老师

---

① 卡米拉(Camilla)是古罗马诗人维吉尔的史诗《埃涅阿斯纪》中的女英雄。——译注

会催促你更上一层楼。

因为，在婚姻中我们的确学到很多，受益匪浅。两性之间各有锋棱，或隐或现，直到一段完整的婚姻将两人慢慢磨合。当我们在一位女子身上看见侠骨豪情、剑胆赤心，便称之为"男性化"。这是大男子主义作祟。而当我们在一名男子身上看见多愁善感、温柔细腻，则以"女性化"形容之。这也是大女子主义。但大凡彻头彻尾的男人和彻头彻尾的女人，所拥有的人性，该是多么畸形可怜、支离破碎！不然，何以得出此"高见"？婚姻，使夫妻二人合为一体。"神按着自己的形象**造男造女**。"①因此，云雨之欢使我们超越各自性别之藩篱。这颇为悖论。

接下来，其中一人去世了。我们认为爱情中断了，就好像一支舞在半场戛然而止；又好似一朵花在含苞待放之际不幸折损；也好比某物被砍掉一截，失去应有形状。我怀疑——实在忍不住要怀疑——是否逝者也体会到生离死别之苦（这苦或许只是他们须经受的炼狱之苦其中之一呢！），

---

① 　引文出自《创世记》1章27节：神就照着自己的形象造人，乃是照着祂的形象造男造女。——译注

既然丧偶是我们爱情历程中普遍的、不可缺的一部分,那么,对于这两个有情人,对于天下一切有情人,莫能除外。就像夏天接下来是秋天,恋爱接下来是婚姻一样,婚姻接下来就是丧偶,这其实再自然不过。它不是某一过程的中断,而是该过程的另一种形态。不是舞蹈中断,而是该舞蹈的下一形式。当我们所爱之人健在时,我们"不求自己的益处",当舞蹈中较悲凉的形式出现时,虽然所爱之人已香消玉殒,但我们仍然必须学着"不求自己的益处",去爱她本人,而非频频回首,追抚往昔,追抚记忆,追抚哀愁,追抚安慰,追抚爱情。

蓦然回首,我发现,不久以前,自己还非常担心对妻的记忆到底有多少虚幻的成分。由于某种原因——我能想到的唯一原因便是开始对神的怜悯良善有所感悟——我停止庸人自扰了。一旦我开始停止庸人自扰,很明显的事情发生了,那就是,她似乎与我处处相遇。**相遇**这个字眼太强烈,我指的并不是一个遥不可及的幻影或声音,甚至也不是在任何特定时刻惊心动魄的情感经历。不如说,是一种并不起眼但波及一切的感觉,她依然在。宛如从前。这一事实,需要严阵以待。

说"需要严阵以待"可能并不恰当，听起来好像她是把战斧。我怎样表述才更贴切些呢？"千真万确"或"决无虚言"可以吗？这就好像经验告诉我："你发现妻依然在这个事实，大喜过望。但要记住，无论你主观意愿如何，她的存在都是一个客观事实。这一事实与你的意愿无关。"

我已到达什么地步？我想与另一类型的鳏夫差不多吧。对人们的探问，他会停下来，倚在铁锹上，这样回答："谢谢啦。没什么可抱怨的。我的确格外想念她。但听说这些事发生是为了考验我们。"我与他在这一点上是一致的；他用他的铁锹，我目前不善于挖土，用的是自己的工具。不过，"考验我们"需要正确理解。神从未做实验来试探我的信和爱究竟品质如何，他早就知道了，不知道的是我。在这次审判中，他让我们同时站在被告席、证人席和审判席上。他一直都知道我的圣殿是纸叠的房子，唯一能让我察觉这事实的方法是将纸房子拆毁。

这么快就痊愈了？不过，痊愈之言有点模棱两可。说病人在动阑尾炎手术后痊愈是一回事；说他一只脚被锯后痊愈又是另一回事。手术之后，这个人或残肢愈合了，或死了。如果愈合了，那剧烈、持续的疼痛会停止，不久，他将恢复体力,可以借助木制义肢慢慢挪步。他已"痊愈"了,但锯掉的那条腿可能一辈子都会间歇性地作痛,而且,可能会痛得受不了。此外,他将永远是个瘸子。这一事实他时时刻刻都难以释怀。洗澡、穿衣、坐下、再起来,甚至躺在床上,都和从前不一样了。他的整个生活方式都被迫改变。他从前认为理所当然的各种乐趣和活动,都不得不取消。兵役也没法服了。目前,我正学习拄着拐杖到处走动。可能不久就会装上假肢。然而,无论如何,我再也不是双腿健全的人了。

然而,不可否认,从某层感觉上看,我的确比从前"好多了"。随之而来的却是一种羞愧感,并觉得有责任去保持、助长、延长自己的郁郁寡欢。我曾从书中读到有关这类的感觉,但做梦也想不到自己会如是观。我明知妻不希望我这样。她会叫我别犯傻。我十分清楚神也不希望我这样。那么,这类的感觉背后是什么?

毋庸置疑,多少是虚荣心作祟。我们想证明自己是超级情人、悲剧英雄,而非众多丧偶之人中区区一介匹夫,蜗蜗而行,卖力做着苦差事。但这并不是全部的解释。

我想，还有一种混淆有待厘清。其实，我们并不需要悲恸——尤其是初期的心理剧痛——延续下去：没有人受得了。但是，我们却需要另一种东西——悲恸只是其中反复出现的一种症状，而我们却把症状和事情的本身混为一谈了。前晚，我写到，丧偶并非婚姻之爱的中断，而是婚姻诸多阶段之一——就像蜜月一样。我们需要的是在此阶段也好好地、坚定地生活下去。如果它让人心痛（肯定会的），便应接受痛苦也是这阶段必不可少的一部分。我们不愿以抛弃配偶或与配偶离异为代价来逃避痛苦，这等于让死者再死一次。夫妻本为一体，现在既已被切割两半，我们不愿假装仍是完好无缺的整体。不过，婚姻仍在继续，爱情仍在继续，也因此，悲恸仍在继续。然而，毕竟，我们不会为了悲恸而悲恸——如果我们有自知之明的话。其实，婚姻既能继续存在，悲恸越少越好。在死者与生者之间的婚姻里，喜乐越多越好。

　　在各个方面，都是喜乐越多越好。因为正如我已经发现的，过分强烈的悲恸不但不能使我们与死者紧密相连，反而会切断彼此的关联。这点越来越清楚了。就在那些悲伤感最少的时刻——晨浴通常是这种时刻之一——妻会突然间涌上我的心头，带着她的本来面目，带着她独一无二的性情。与我在最糟糕的时刻所感受到的妻完全不一样，那时，因着我的悲情，妻的形象也被简单化，显得惨兮兮，阴沉沉的。而这时，却是她最纯然属己的样子。这太好了，太令人振奋了！

我好像记得——虽然此刻无法随手摘引——在各种歌谣和传说里，已逝的亡灵总是告诉我们，哀悼反而对死者有害无益。他们恳求生者停止哀悼。这可能比我所思忖的还要意味深长。果真如此，我们祖父辈的做法岂不是太误人子弟了？所有那些哀悼仪式（有时延续一生之久）——上坟；守忌日；该"尸骨未寒者"的空房间必须保持其生前的原样；或者闭口不提死者，或者总用特殊的语气提及；甚或每晚用餐时（像维多利亚女王一样）设位摆出亡人的衣服，以表其在席——简直跟木乃伊似的，这真是让死者死后都不得安宁。

这是否正是它的目的（潜意识里）？可能其中有极原始的因素在作祟。让死者彻底销声匿迹，确保他们不会偷偷溜回生者中间，是蛮荒之民最主要的营生——不计一切代价，要让死者"入土为安"。这些仪式行为的确强调了死者已死的事实。也许，这一结果，并不如崇奉仪式的人所相信的那么不受欢迎。

不过，我没有必要论断他们，一切都纯属臆测。我最好平心静气想我自己的问题。无论如何，我的计划已经很清楚：我将尽可能常常喜乐地转向她，我甚至会开怀大笑着问候她。对她的哀悼越少，就越与她接近。

这是一个很美好的计划。不幸的是，我无法执行。今夜，新的悲恸又像地狱之门一样轰然大开；狂乱的呓语、苦毒的怨恨、胃里的翻搅、梦魇似的幻境、潸潸不止的泪水。因为，对哀恸中的人没有"入土为安"这件事。你不断从一个阶段挣扎出来，但一个循环接一个循环，它总是周而复始。一切又开始重复。我是否在原地绕着圈子打转？我爬的可是一道螺旋梯？

若是螺旋梯，我正往上爬呢？还是往下爬？

多少次——难道会永远这样吗？——多少次，巨大的虚空，像完全陌生之物一般袭来，让我惊诧万分。我不得不说："直到这一刻，我才意识到自己失落了什么。"同一条腿一次又一次地被切除。那刀子往肉里猛地一戳的疼痛，我一而再、再而三捱受着。

　　他们说："懦夫一生死千百回。"①相爱着的人也是如此。那以普罗米修斯的肝脏果腹的恶鹰，每次所攫食的，岂不都是长回原样的新肝?②

①　引文见莎士比亚的戏剧《恺撒大帝》，原文"Cowards die many times before their deaths. The valiant never taste of death but once"本意为懦夫苟活如亡，勇者虽死尤存。——译注
②　在希腊神话里，宙斯为了惩罚为人类盗取火种的普罗米修斯，用铁链将之锁在高加索山的悬岩绝壁上，并每天派一只恶鹰去啄食他的肝脏。肝脏被吃掉多少，很快又恢复原状。这种痛苦的折磨他不得不忍受，直到有一天赫拉克勒斯将恶鹰从这位苦难者的肝脏旁一箭射落，然后松开锁链，解放了普罗米修斯。——译注

乔伊站在 Kilns 前——亦有人说在 Kilns 前"站岗",据说一次她把一个持枪入侵者吓跑了。

第四章

这是第四本——也是最后一本——我在屋子里能找到的空白笔记簿。但只是近乎空白,因为最后几页还有很久很久以前写下的数学练习题。我决定写完这本,就把近日来的涂鸦作个结束。以后我**决计**不再为此去买新的笔记簿。迄今为止,这本手记犹如全面的坍塌溃败中一个坚守的堡垒、一道安全的阀门,也起到了一定的预防作用。而我的其他观点,结果则证明是建立于误解之上的。我本以为自己能够描述出这一**状态**,为丧妻的悲恸绘制出一张地图,然而,经证明,悲恸,不是一种状态,而是一种过程。它所需要的不是一张地图,而是一段史册。我若不在某一任意择定的点上停笔,就没有理由不再继续写下去。每天都有一些新的事物值得记录在册。悲伤像一条狭长而蜿蜒的幽谷，每一转折都有可能展现另一新的风景。然而，正如我前述的，并非每一转折都是如此。有时令人惊奇的恰恰是相反的现象；展现在眼前的正是你原以为早在几里之前便已经过的那片田野。这时，你会怀疑，这难道是一道迂回盘旋的环形峡谷吗？其实不是，只是部分景观雷同而已，整个路途并未重复。

比如，现在就是一个新的阶段，也是一种新的失丧。白天，我总是尽量散步，因为若不筋疲力竭地上床，简直就是自讨苦吃的傻瓜。今天，我故地重游，这是一段很长路途的漫游——我独身时最快意之事莫过于此。这次，大自然并未黯然失色，世界也并非（如我前些天所抱怨的）像一条残破的街道。相反，每一条地平线，每一阶篱栏，每一簇树色，都唤起我昔日的种种幸福记忆，在妻出现之前的生活中的幸福记忆。然而，我对这样的邀约却有些望而生畏，因为它所邀请我进入的幸福是一种索然无味的幸福。我发觉自己根本不想再回到妻出现前的生活，不想重新回到那种幸福中。一想到竟然可能回到往昔，我不禁害怕起来，因为这种结局，在我看来，似乎是最糟糕的。在这样的景况中，这几年的爱情和婚姻，一经回顾，好像只是一段迷人的插曲——

一段假期——暂时性地介入我漫长的人生,过后,我的人生又恢复原状,与昔日没有两样。于是,这段恋情变得好像不是真的——与我过去的人生经纬格格不入,以至于我几乎相信它是发生在别人身上的,根本与我无关。果真如此,对我而言,伊在我的生命里等于又死了一次;比第一次更残忍的丧亡。什么都行,就是不容许这样的情况发生。

亲爱的,你可知道,当你离去时,带走了多少东西?你甚至剥夺了我的过去,包括我俩从未分享过的东西。我错了,竟然说残肢可以从被截除的疼痛中复原。我之所以被骗,是因为它伤害我的伎俩太多了,而我却只能逐一地识破。

然而,还是有两项很大的收获——现在,我已有自知之明,不至于把它们称作"永久的"收获。当我转向神时,我心所遇见的再也不是那扇紧锁的门;当我转向妻时,我心所遇见的也不再是一片空茫——也不再对她在我心中的形象如何而杞人忧天了。我的涂鸦显示出我已有了些许进步,但与我所期望的仍有差距。也许,真正的情形是,这两种改变都非显而易见的,因为没有突然的、显著的、情感上的转折。就像室内转暖,或晨光泻入,当你开始察觉时，它们已持续一段时间了。

　　这则手记谈到了我自己，谈到了妻，也谈到了神——是的，就是这种顺序。其实三者的先后顺序与所占比重，本应该完全倒转过来。我也看到，自己在任何地方也不曾想到过对妻和神持赞美之心，然而，对我最有帮助的，却是这赞美之心。赞美是一种爱的模式，且常常含着喜乐的成分。按合宜的次序来赞美吧。先赞美将她赏赐给我的神，再赞美神所赏赐给我的她。无论离被赞美者有多远，当我们赞美时，岂不或多或少享受到了它们的同在？我应该发出更多的赞美来！我已经失去了曾经从妻那里享受过的丰盛生命，而今陷在自己物是人非事事休的死荫幽谷里，离神所赐的丰盛生命也是那么远那么远，不过，倘若祂的怜悯是丰盛无尽的，我以后可能还会享受到。至于此时，藉着赞美，我仍然能略微享受到妻的同在，也能略微享受到神的同在。聊胜于无吧。

　　但是，可能我缺乏赞美的恩赐，我记得曾把妻比作一把利剑，这基本属实，但并不全面，而且容易引起误导，我应当将它修正平衡一下，我应这样说："但她也像一座大花园，像一座由众多小花园层层环抱而成的大花园。墙内有墙，篱内有篱。你进入得越深，就越会发现里面更神秘通幽、更芳香馥郁、更生机蓬勃。"

　　路易斯(右)，和父亲、哥哥以及几个朋友坐在沙滩上。

路易斯常说，假日就是和特别的人一起度过的特别时光。

他一生中最有意义的两次旅行就是婚后和乔伊一起度

过的。

不仅对她，对一切自己所喜悦的受造之物，我都应如此赞道："在某种程度上，就其独特性而言，每一种受造之物都酷似那一位造物之主。"

颂赞——从花园到园丁，从宝剑到剑匠，从生命到赐予生命的生之源头，从美物到美化万物的美之本体。

当我想到她如一把剑时，"她在神的手中"这句话便活灵活现起来。或许我与她一起度过的尘世生活只是铸剑过程的一部分。现在，也许神正握着剑柄，掂量着这把新造的武器，随即长空一挥，剑光一亮——"好一把不折不扣的耶路撒冷宝剑！"

昨晚的某一片刻可以用比喻来形容，否则，根本无法用语言来表达。试想一个人陷在全然的黑暗中，他以为自己困在地窖或地牢里。这时，传来了一阵声响，他揣测这声响来自远方——呜咽的海涛、林梢的风啸，或半英里外牛群的哞叫。倘若如此，便证明他并未身陷地窖，而是处在朗朗乾坤之中的自由人。或者，这可能是耳畔一种更加细微的声音——一阵咯咯的笑声。倘若如此，黑暗中有个友伴就在他身旁。无论如何，这总是一种友善的声音。我还不至于疯到把这种经验当作有任何东西存在的证据。它只不过是一跃进入与某种理念有关的想象活动里，这种理念，我曾一直从理论化层面加以认同——这理念就是，我，或任何凡夫俗子，在任何时候，对自己真实的处境，都可能产生完全的误解。

五种感觉：一种抽象得无可救药的理性，一段选择性强得容易造成危害的记忆，一套先入为主的观念，和无数的假设——多到我只能察验其中的一小部分，遑论全盘加以反省。这样的一种工具，能观照出多少事物的全貌？

如果可能，我决不会去攀一棵轻如鸿毛或荆棘密布的树。近来，两种截然不同的信念越来越重地压上心头。第一种是，那永活的兽医远比我们所能想象的更要严酷无情，而可能施加在我们身上的手术，也更难以预料的疼痛不堪。第二种则是："一切，都终会好转；一切，都终会完善；万事万象，都终会臻至圆满。"[1]

---

[1] 引文出自诺威奇的茱利安(Julian of Norwich)的祈祷词"All shall be well, and all shall be well, and all manner of things shall be well"。她是一位 14 世纪英国神秘灵修者，唯一著作也是惊世之作《神圣之爱默示录》(*Revelation of Divine Love*)。——译注

妻的每张照片都不甚如意,这并不要紧。我对她的记忆不够完美,这也并不那么要紧。形象,无论是绘在纸上或铭于心上的,本身并不重要,它们只不过能引发联想而已。以一个更高超更无限的范畴作相类似的比方吧,明天早晨,牧师会给我一块冷嗖嗖的、无滋无味的小圆薄饼,这饼岂能谎称——它自己和它所象征的与我联合的那一位——有丝毫相似之处?是的,不能。但这是它的缺陷吗?从某种意义来说,难道这不也是它的优点么?

我需要的是基督,而不是与祂相似的某样东西。我需要的是妻,而不是与她貌似的某种东西。一张相当传神的照片最后可能变成一个陷阱、一种恐怖、一道拦阻。

我理应料到,肖像必有它的用处,否则,不会如此受欢迎(无论是外在于脑海的真实图画或雕塑,还是内在于脑海的虚构形象,都无甚分别)。然而,于我而言,它们的危害性显而易见。至圣者的形象很容易变成"神圣"的肖像——被当作圣物崇拜。其实,我对神所持的信念绝非神圣不可侵犯的,相反地,这信念必须被不断地打碎,而且是神自己将之打碎的。祂正是那位伟大的偶像破坏者。难道我们不可以说,这种打碎的行为,正是显示祂存在的一种迹象？道成肉身便是最佳的例子;它摧毁了所有先前关于弥赛亚的观念。大部分人会被偶像破坏行为"激怒",那些不为之发怒的人有福了。同样的事也会发生在我们私下的祷告里。

一切事物的真相都具有偶像破坏的特质。你尘世的爱人,即使在今生,也常常以其真实面目打碎你对她的纯然想象。但你情愿如此。你接纳她,乃是接纳她所有的任性、她所有的缺点以及她所有不尽人意的地方。换句话说,接纳她那正不阿、独立不羁的本色。正是真实的她,而非任何关于她的影像或记忆,才是我在其离世后还深深恋慕着的。

但现在,已无法想象"真实的她"是什么样子。从这角度上看,妻以及所有亡故的人,与神颇有相似之处。也是从这角度上看,恋慕她变得有点近乎恋慕神。在这两种情形里,我都必须向着事物的真相敞开爱的膀臂和双手(眼睛在这里是派不上用场了),穿过——越过——一切思想、激情和想象中的瞬息万变的幻象。我绝不能坐下来只是满足于这幻象本身,并把它当作神来膜拜,当作妻来爱。

不是我对神所持的理念,而是神本身。不是我对妻所持的理念,而是妻本人。是的,也不是我对邻舍所持的理念,而是邻舍本人。我们岂不经常对还活着的人(甚至与我们共处一室的人)犯这样的错误?我们的所言所行,不是针对他本人,而是针对我们心中为这人所勾勒的影像(其实顶多只是几笔素描而已)。直到他的表现与这幅影像不一致时,我们才会对实况稍加注意。在现实生活中——这是它与小说不同的地方之一,如果我们观察得更密切些,会发现,他的言谈和举止几乎从未完全与"他的性格"吻合过。换言之,从未与我们所断定的"他的性格"吻合过。他的手中永远握有一张我们无法知道的牌。

我自己也是这般待人,所凭的理由是我经常发现别人也明显这般待我。我们都自以为对彼此彻底了解。

这一回,我可能又再次用纸片搭起房子来了。若真是这样,神必定会再次将它拆毁。除非我最终不可救药而被祂弃绝,"被丢在死人中",①永远沉沦在地狱里搭建纸叠的宫殿。

<hr>

① 引文见《诗篇》88 章 5 节:我被丢在死人中,好像被杀的人,躺在坟墓里。他们是你不再记念的,与你隔绝了。——译注

比如说现在，我溜回神这边，是否只因为知道若有任何通往妻的路径，必得经过神这里？但是，我当然很清楚，神是不能被当作路径来利用的。寻求神的人若不把祂当作终点，而当作路径，不把祂当作目的，而当作手段，那么，就根本不是在寻求祂。这就是那些市面流行的"彼岸幸福团圆图"问题之所在了。不是说它们将思维简单化、景象世俗化，而是它们把抵达真正的目标时才能连带获得的东西，当作目标的本身。

主啊，这真是你的条件吗？只有当我学会对你爱到极处，以至不在乎是否能与妻相见时，我才能与妻重逢？想想看，主啊，这对我们意味着什么？如果我对孩子们说："现在不许吃太妃糖，不过，当你们长大了，不再真正想吃太妃糖了，那时，你们要多少，就能吃多少。"我若这样说，他们会怎样看我呢？

如果我知道，与妻永远隔绝和被妻永远遗忘，能给妻的彼岸存在增添更大的喜乐和更多的光彩的话，我当然会说："那么，开枪吧！"正如，在人间时，只要不再见她就能治愈她的癌症，我会妥善安排，不再与妻相见。我一定会这样做。

任何有德之人都会这样做。但这是另一回事，我目前的处境并非如此。

当我把这些问题摆在神面前时，并未得到任何回答，不过，却是一种非常特殊的"没有回答"。不是一扇紧锁的门，更像是一种默然不语的、但绝非漠然无情的凝视。祂仿佛在摇着头，不是拒绝回答，而是把问题悬置一边，像是在说："安心吧，孩子；这些你现在还无法了解。"

人能够提出连神都无法回答的问题吗？我以为，这太容易了。所有荒谬的问题都是无法回答的。一英里有多少小时？黄颜色是方的或圆的？也许我们提出的一半的问题——一半伟大的神学和形而上学问题——莫不如此。

既然我这么想了，对我而言，就再也没有任何实际的问题要提了。两大诫命我是知道的，最好持守它们。其实，妻的死已经结束了所有实际的问题。当她还活着时，我实际上会把她摆在神的前面；换言之，如果两者有冲突的话，我会做她所喜悦的事，而非祂所喜悦的事；而今剩下的，不是我能**做什么**的问题，乃是情感、动机和这一类的事情有什么分量的问题。这是我给自己设立的问题。我毫不相信这是神为我设立的。

享受神的丰盛;与亡妻团圆——我的思想无法接受这两种情形,只能将它们视为筹码和空白支票。我对前一种情形所持的观念——如果可以称之为观念的话——只是对尘世中某种稀有而短暂的经验的推断而已。且这推断风险极大。这些经验也可能不如我所认为的那样有价值,甚至可能比一些我并未在意的其他经验还更没价值。而我对第二种情形所持的观念也是一种推断。这两种情形中任何一种的实现——空白支票的兑现——可能会把我对这两者所持的理念(尤其是我对两者之间的关系所存的理念)击得粉碎。

前一种情形需藉着心灵的合一,后一种情形需藉着肉体的复活。我丝毫也想不出有什么意象、公式或甚至什么感觉能把这两者结合起来。但神容许我们了解,这的确就是最属实的真相,就是那能把各样偶像再次摧毁的真相。将来天堂会解决我们的困惑,但,我想,绝非通过协调那些在我们看来明显互相矛盾的概念,继而向我们展示这种巧夺天工的和谐来解决。这些概念将被连根拔除——那时,我们便知道,原来,在祂那里,没有难成的事。

而且，再说一次，除了称之为黑暗中一阵咯咯的笑声外，我无法形容那情景。某种能破碎一切、瓦解一切强力的单纯也许才是真正的答案。

我们常认为，死者能看见生者。而且，我们还揣测，不管这揣测合不合理，倘若死者真的看得见生者的话，一定比从前看得更透彻。妻生前所称作的，也是我现在还称作的"我的爱情"里面，到底有多少浮华和虚泛的成分，妻现在可以看得清清楚楚了吧？亲爱的，你好好地看一看吧！就算能掩饰，我也不愿。我俩从未把对方理想化过。我俩都尽量不向对方隐瞒什么。我身上大部分败坏的地方，你生前就知道。如果你现在又看到更败坏之处，我会坦然接受。你亦然。指责、解释、嘲笑、原谅，这正是爱情的无数奇迹之一。它给予两人（尤其是女人）一种能力，使她能看清爱情的蛊惑，却还甘心受之蛊惑。

这种洞察力，在某种程度上，与神有些相似。神的爱和祂的洞察力是密不可分的，与神的本性也密不可分。我们大致可以这么说，祂能看透人性，是因为祂有爱，所以，即使看透了人性，也还能去爱。

主啊，有时人忍不住要说，如果你希望我们的动作存留像野地的百合花一样，不如给我们一种像它们那样的生理结构吧。然而，我推想，人是你的一项伟大实验；或者不是的，不是实验，因为你不需要测验什么。不如说是你的一项伟大尝试。你创造出一个同时也是灵的生物，因而产生了一个可怕的逆喻——"属灵的活物"。你拣选了一种灵长类的动物，一种全身布满末梢神经的兽类，一种有胃需要填饱的生物，一种渴求配偶的繁殖类动物。而且还对它说："去吧，带着这副血肉之躯，去活出神的样子来。"

我曾在前几则手记中说过，即使获得了某种妻仍然存在的类似印证，我也不会相信的。"说起来容易，做起来难。"甚至现在，我也不会将任何那类的东西当作证据。至于昨晚的经历，是因为它的**性质**——不在于它的所示，而在于它的所是——值得一记。不可思议的是，它竟然没有引起我任何情感的波动，仅仅是一种印象，妻与我瞬息间心感神会的印象。是的，是心，而不是我们素称的"灵魂"；更与所谓的"灵魂激荡"相反，完全不像情人间欢天喜地的团圆，倒是更像接到她某些有关琐事杂务处理的电话或电报。并未传达任何"信息"，只是一种心智和注意力的集中。无忧无喜,甚至也无爱——我们通常意义上的爱;也非无爱。我从未在任何心情下想象过死者会是这样的——嗯,这样理性的静观澄照。然而,同时又有一种极令人愉悦的心灵交融,一种根本不必透过理性或感情就能体验到的心灵交融。

如果这是从我的无意识蹦出来的,那么,我的无意识必定是个非常有趣的领域,远超过深度心理分析学家引我展望的领域。举个例子吧,与我的意识领域相比,无意识领域的原初性显然少多了。

不管这体验从哪里来的,它已经在我心里进行了一种类似春季大扫除的工作。死者竟可如斯——一种纯粹智性上的存在。希腊哲人不会对像我这样的经验感到惊讶的。人死后若仍存在,他会期待就像这样。在此之前,我总觉得这似乎是最枯燥、最冰冷的观念。这观念没有任何情感色彩,我对此颇为排斥。但这次的接触(不管是实质的或表面的接触),它并没有让我排斥。在这种接触中,并不需要感情介入,就能完全进入身心交融的境界,你整个人因此振奋起来,重新得力。这种身心交融就是爱本身吗? 在今生里,它总是与情感相随;并非因为它本身就是情感,或需要伴随而生的情感,而是因为人的动物性灵魂、神经系统和想象特

质,只能以这种方式来回应？果真如此,我需要抛掉的偏见
该有多少啊！众多心智的聚集和交融不会是冰冷的、单调

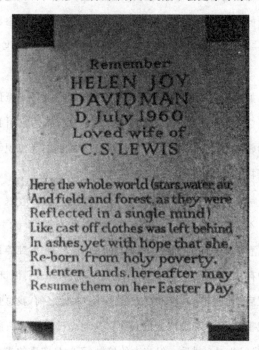

Remember
HELEN JOY
DAVIDMAN
D. July 1960
Loved wife of
C. S. LEWIS

Here the whole world (stars, water, air,
And field, and forest, as they were
Reflected in a single mind)
Like cast off clothes was left behind
In ashes, yet with hope that she,
Re-born from holy poverty,
In lenten lands, hereafter may
Resume them on her Easter Day.

乔伊的墓。"你该明白吧,"路
易斯在给朋友的信中写道,"我做
新郎不久,旋即就会变成鳏夫。实
际上,这是一场临终前的婚礼。"

的、令人不适的。另一方面，也不像人们用"**属灵的**"、"**神秘的**"或"**神圣的**"这类字眼所意指的那样。这样的境界，我若曾惊鸿一瞥，它应是——哦，我几乎被自己必须使用的形容词吓着了——轻快的？欢愉的？敏锐的？机警的？热切的？清醒的？总而言之，很可靠，完全可靠、坚不可摧。在死者所存在的境界里，没有荒谬的东西。

当我用智性这字眼时，它里头还包括了意志。倾心关注是一种意志的行为。付诸行动的智性是**登峰造极**的意志。那前来与我相遇的她，似乎充满了决心。

在她临终之前，我说："有一天，当我也躺在床上快不行了，如果你能——如果你得到许可的话——请回来看我。""我一定会得到许可的！"她说，"天堂若不许，想留住我可要费一番功夫；至于地狱若不许，我非得把它砸个粉碎不可！"她知道自己使用的是神话的语言，甚至还带点诙谐的成分。她的眼睛一闪，一滴清泪而下。但是，那种突然闪现并穿彻她全身的意志，比任何感觉都深邃的意志，没有一丁点神话或玩笑的意味。

但是，不能因为我对纯粹的智性可能是怎样不至于完全误解，就在这里班门弄斧，妄加发挥。肉体的复活也是如此，无论它意味着什么，我们都不了解。上好的，往往也是我们了解最少的。

最后见神容面之事，到底是智性的活动多一些，还是爱的活动多一些，人们不是已经争论过么？这可能又是另一个荒谬的问题。

如果办得到的话，真把死者召唤回来，该是多么可怕的一件事！临终前，她对牧师，而非对我说："我已经与神和好。"她微微一笑，但不是对我，**"随后，转身归回那永恒的源泉。"**①

① 引文见但丁《神曲》天堂篇第 31 章，描写但丁的爱人贝雅特丽齐（Beatrice），死后的幽魂引领诗人进入天堂后，回眸一笑，然后又回返永生神的归宿。——译注

译　后　记

1

1952 年,他与她第一次相遇。

那时的他,54 岁,应该是一个男人饱经沧桑后的年纪。然而,相反,他这些年的生活却平淡如水、单纯如纸。

他没有结过婚,却在牛津教授中古文学寓意爱情诗的课程,还写了一本书,就叫《爱的寓意》。也许,书中自有颜如玉,那些蒹葭苍苍、白露为霜的古典伊人足以支撑他的感情世界,他想自己会一直这样单身下去,阅读、思考、写作、教学,平静地走完自己的一生;

他没有太多的经历,从学生到老师,栖居在学院的高墙内,一住就是30多年。这注定他的信仰之路,不是从生活经历开始,而是从理性思考开始,在不断的切问近思后,"就像长眠后自然地醒来",他重新回归了基督信仰,并成为著名的护教大师。他有他的信仰架构,有他的书斋,有他的学术知交和密友,有他的数不清的读者与听众。也许,这就够了。

那时的她,37岁,应该是一个女子最圆满的年纪。然而,相反,她这些年的生活却残碎不堪、混沌不清。

她结过婚,却嫁了一个酗酒、有精神抑郁症,后来虽然皈依上帝,却仍在外面拈花惹草的丈夫。

她有很多的经历,年轻时代,出于对信奉犹太教的父母严格宗教管制的反叛,真诚地吹鼓享乐主义以及无神论。

"我认为人是猿猴的后代,道德不外是习俗,生命是电子化学的反应";稍微年长,又出于对身边民生疾苦的敏感,真诚地接受共产主义。"我愿意做我兄弟的看守人"、"以天下之忧为己忧";还担任党刊的评论员,写了许多人道主义关怀的诗歌。但是,那又怎样? 这份信仰甚至对她自己的生活也给不了任何"关怀",要忍受酗酒动武和感情不忠的丈夫,要拉扯两个年幼的儿子,要应付拮据的生活压力,还有一身的病,她活得愁苦、忧虑、没有盼望。"我仍然相信马克思主义,因为我对上天的帮助茫然无知,对人能逐渐进步失去信心……"后来,看了他的书,开始接触基督信仰。她需要很多很多的光,还有爱。这一路,她走得蹒跚而辛苦。

他们相遇了,一见如故。接着是持续的通信交流——信仰上的,写作上的;但与爱情无关。

第二年,她丈夫有了新的外遇,虽然,她一直试图挽回他的心,并不愿意离异,但这一次,第三者却是她自己的表妹。她不得不离了婚,带着孩子,从美国迁往英国。一个女人,在异国他乡陌生的大都会,独自扶养两个孩子,不容易。他同情她,帮她找房子、介绍工作、出版小说,还给孩子们支付学费。但与爱情无关。

第四年,她在英国的签证到期,她被迫离境,留在这片土地唯一的办法就是与一位英国公民结婚,以取得英国公民权。他竟决定和她秘密结婚,这是名分上的婚姻。仍与爱情无关。他说:"纯粹为相助朋友,是权宜之计。"一位朋友能做的他都做了。她是或多或少爱他的。这样的男子不多。他呢? 也许,爱着她,但没有意识到;也许,像他理性上自认为的,是第"四种爱"——异性间的真诚友情。

　　直到半年后那个晴天霹雳的恶讯。1956 年 10 月的一晚,她不小心在家里摔倒,双脚骨折,送往医院检查,竟然发现得了癌症。还是晚期。在死亡临到时,他才意识到,她之于他,是神所赐何等珍贵的礼物!

　　她当时躺在病床上的一张照片:近花白的头发,臃肿的脸,干瘦的手臂。她并不是美丽的女子。现在,因着化疗变得更难看。然而,在她最难看的时候,他深深爱上了她。他写道:"多年以前,我写关于中古爱情诗的文章,形容那种奇特、几乎不真实、像宗教一般的爱情,心里糊涂地只当那纯粹是一种文学上的虚构;现在我才知道真有其事……"然而,这爱情来得太迟。或许,他意识到得太迟。

　　1960 年 4 月,路易斯和乔伊造访希腊的帕特农神庙。
虽然乔伊的健康每况愈下,这仍是两人终生难忘的一次旅
行;之后,乔伊只活了 3 个月。

1957年，他们在医院"简陋而充满消毒药水气味的环境中"举行婚礼。这并不是一桩被教会、被公众，甚至被朋友们接纳的婚姻。观礼的只有他的哥哥，和看护她的修女。新娘躺在床上，新郎坐在床沿，一起宣读盟誓，向对方承诺"甘苦与共，不论顺逆，不论贫富，不论疾病、健康，相亲相爱，至死不渝"。

因着神的怜悯，也因着他的祷告，她的病情竟然逐步好转了，不但癌细胞有所抑制，而且她后来甚至行动自如了。这是个连医生也惊讶不已的大神迹。他到处作感恩见证，讲论"祷告的功效"——这也是信仰第一次从他秩序井然的逻辑世界走进他无常难测的生活世界。他唯有仰望神。

这对中年夫妻异常珍惜只日可数的婚姻时光。他们一起布置家居、探讨信仰、切磋写作，甚至出门旅游。有一张是她大病初愈后，与他在住宅花园中享受家庭温馨的照片，好像是黄昏时节，她一边打着毛衣，一边微笑着听他说话。而他悠悠地斜靠在椅背上，温柔地注视着她。"像一对二十多岁蜜月中的爱侣。"

然而，这样举案齐眉的日子很快就结束了。婚礼后三年,癌再次向她全身扩散,病情恶化。她变得很镇定:"现在我觉得能欣然接受那要来的,痛楚已不再那么可怕——也许这是我应受的,而且我相信我需要经历此苦难。难以预料的无常世事是上帝要我们背负的十字架。"倒是他,开始愤怒,为何神不再继续听祷告?为何神刚让他尝到一点恩典,接下来却给他更大的打击,与其如此,当初不如不让那所谓的"神迹"出现!神岂不是在玩猫捉耗子的诡诈游戏?!

1960 年 7 月 13 日晚,她告别人世,临终前,她对他说:"是你让我如此幸福。"然后又说:"我已与上帝和好,有了祂的平安。"

她带着属天的平静离去,而他,却因为她的突然离去,无法平静下来,他哀悼亡妻,盼她魂兮归来,无法相信她去了一个更美好的所在——有道是,只羡鸳鸯不羡仙,还有比她留在红尘间,与他执手相伴更美好的境界么?更何况,真有死后的永生么?进而,他开始怀疑神的爱,神为何要让她的一生经历那么多苦难呢?神为何要剥夺他姗姗来迟的美好爱情呢?神是不是一个专门拆散人间佳偶良缘的宇宙施虐暴君呢?悲恸到极处时,他会这样认为,情绪过后,理性又告诉他不是。但理性只能挤出负面的情绪,却不能带出更大的信心,然而,关于生死之事,需要的却是信心。

IN LOVING MEMORY OF
MY BROTHER
CLIVE STAPLES LEWIS
BORN BELFAST 29th NOVEMBER 1898
DIED IN THIS PARISH
22nd NOVEMBER 1963
MEN MUST ENDURE THEIR GOING HENCE
WARREN HAMILTON LEWIS
MAJOR ROYAL ARMY SERVICE CORPS
BORN BELFAST 16th JUNE 1895
DIED IN THIS PARISH
9th APRIL 1973

路易斯的墓,安放于牛津亥廷顿圣三一教堂。它吸引着全世界无数的"朝圣者"造访此地。

他不是突然间有了信心的。那天，在黑暗中，他突然感到了她的在，是的，她依然在。而且，是一种非常美好的在。也许，她在天国不忍看到他的苦，下到红尘中来开启他。借着与她在冥冥中的心灵感应，也借着对十字架上那一位亲临苦味与死味者的仰望，他逐渐恢复了对神本身的信靠。神是爱她的，也是爱他的。她和他本是祂在爱中所造的两个孩子。至于尘世间那些苦难，那些生离死别，他不知道其中的背后意义，但他知道，有一天，神会将一切更新。"一切，都终会好转；一切，都终会完善；万事万象，都终会臻至圆满。"

起起伏伏挣扎着的情感，反反复复思考着的理智，切切实实深入着的信心——这三者的张力合成了这本《卿卿如晤》——一册薄薄的手记，一段长长的心迹。

目送着她"回眸一笑，转身归回那永恒的源泉"后，他的心终于平静下来，并日益喜乐充盈。她离去三年后，也就是1963年，他也与世长辞。去世前，他写下最后的书——一本论祷告的书信集。在书里面他谈到对永生和与她相见的盼望："那新天新地也是天与地，但与世上的天地不同。我们在基督里复活时，这新的天地将在我们中间升起，经过悠悠沉寂和黑暗，万鸟将齐唱，众水将奔流，光与影将绕经群山。我们的朋友会认得我们，笑着来迎……"

她走了，他也走了，留给我们的是他们的墓志铭。

他的，只有简单一句：务必尽忠忍耐到底。

她的，却是一首长诗，他为她写的：整个世界/藏在一颗纯朴的心灵里的星宿、水、空气。田园和森林/在此像脱下的衣服丢在后面/化为灰烬/但带着盼望，盼望她（像基督）/会从圣善的贫寒中再生/经历试探的旷野/在她复活之日——重圆。

他，就是英国牛津及剑桥大学教授，著名文学家、神学家路易斯。

她，就是美国女作家乔伊。

2

其实，若论悼念亡妻之作，中国古代文学中也不乏佳篇,如苏东坡的《江城子》^①和纳兰性德的《沁园春》^②。若论情之深重,文之矶珠,绝不亚于路易斯的《卿卿如晤》。但前者也仅限于悼与念层面(念者,生前两人之恩爱幸福;悼者,逝后各自之寥落凄凉)。很少会如路易斯那样,从人—人层面上升到人—神层面,即在悼念亡妻时不住地发出屈原般或伯约般的"天问"。而在《卿卿如晤》中,悼中有问,问中有悼,不仅有问,还有答:他的回答、她的回答以及祂的回答相互交错冲撞,极富张力。这样,就不再是单纯的他—她之间的对话关系,而是他—她—祂三者之间的对话关系。所以,从某种意义上说,《卿卿如晤》的主题不是爱情,而是信仰。

当然,如由此推论中国悼亡文学缺少超验纬度或宗教关怀,却失之武断。实际上,笔者以为,中国悼亡文学仍是有较强的宗教色彩的,但这种色彩并不是明亮的、喜悦的,

---

① 十年生死两茫茫,不思量,自难忘。千里孤坟,无处话凄凉。纵使相逢应不识,尘满面,鬓如霜。　夜来幽梦忽还乡,小轩窗,正梳妆。相顾无言,惟有泪千行。料得年年肠断处,明月夜,短松冈。

② 瞬息浮生,薄命如斯,低徊怎忘?记绣榻闲时,并吹红雨,雕阑曲处,同倚斜阳。梦好难留,诗残莫续,赢得更深哭一场。遗容在,灵飙一转,未许端详。　重寻碧落茫茫,料短发,朝来定有霜。便人间天上,尘缘未断,春花秋月,触绪还伤。欲结绸缪,翻惊摇落,两处鸳鸯各自凉!真无奈,把声声檐雨,谱出回肠。

而是带着黯黯的哀伤，及浓浓的宿命感。

以沈复的《浮生六记》为例，沈复与妻芸娘青梅竹马，夫妻情深，芸娘认为"今生夫妇已承牵合，来世姻缘亦须仰借神力"，因此"每逢朔望，夫妇必焚香拜祷"，以致多少相信"两人痴情，果邀神鉴"。这是民间纯朴的浪漫信仰。可惜，无法支撑起残酷的现实人生——后来芸娘遭公婆厌弃，家境艰难，为觅衣食，操劳过度，身染重病。下面是芸娘之死的场景：

> 余欲延医诊治，芸阻曰："……忆妾唱随二十三中，蒙君错爱，百凡体恤，不以顽劣见弃，知己如君，得婿如此，妾已此生无憾！若布衣暖，菜饭饱，一室雍雍，优游泉石，如沧浪亭、萧爽楼之处境，真成烟火神仙矣。神仙几世才能修到，我辈何人，敢望神仙耶？强而求之，致干造物之忌，即有情魔之扰。总因君太多情，妾生薄命耳！"……芸乃执余手而更欲有言，仅断续叠言"来世"二字，忽发喘口噤，两目瞪视，千呼万唤已不能言。痛泪两行，涔涔流溢，既而喘沥微，泪渐干，一灵缥缈，竟尔长逝！时嘉庆癸亥三月三十日也。当是时，孤灯一盏，举目无亲，两手空拳，寸心欲碎。绵绵此恨，曷

其有极！

芸娘将自己的早逝归结于"致干造物之忌，即有情魔之扰。总因君太多情，妾生薄命耳"，何等残酷！临终前"断续叠言来世二字，忽发喘口噤，两目瞪视"，又何等凄恻！相比之下，乔伊临终前微笑着说："我与神和好了，有了祂的平安。"并将自己一生的苦难归结于神要她背负的十字架，而这苦难与十字架上受苦的那一位有份。这种薄命感与平安感的差异，令人深思。

对比了两位女子在死亡面前的体验，再来对比两位男子悼亡的感受。沈复虽然叹息"岂知命薄者，佛亦不能发慈悲也！"却就此打住，并未继续追问佛为何不发慈悲，一副认命的态度。他丧妻不久又连遭父亡子夭，本欲出家为僧，但朋友"赠余一妾，重入春梦。从此扰扰攘攘，又不知梦醒何时耳"。而路易斯则因妻所受的苦难对神的善恶追问不休，更拒绝承认人间之爱只不过一场春梦，他坚信此在界同样是永恒界不可缺的一环。将来有一天，神要擦去他们一切的眼泪，不再有死亡，也不再有悲哀、哭号、疼痛。这种梦与醒，认命与仰望，空感与爱感的差异，同样令人深思。

《浮生六记》中的这种宿命感并不是特殊的个例，在这片大地上，从清代的《红楼梦》——曹翁悼诸钗黛的死，到近现代的《边城》——沈从文哀翠翠的死，到当代的《妞妞》——周国平悲爱女妞妞的死，我们都能普遍看到个体面对死亡的无力与苍凉。也因着死的毒钩，爱本身的意义被刺穿消解——如果色也是空、情也是空，不如不爱，也就不受伤害。所以沈复才"后悔"到："奉劝世间夫妇，固不可彼此相仇，亦不可过于情笃。话云'恩爱夫妻不到头'，如余者，可作前车之鉴也。"所以宝玉才"彻悟"到："好一似，树倒猢狲散，食尽鸟投林，剩下一片白茫茫大地真干净！"

然而，压伤的芦苇他不折断；将残的灯火他不吹灭。十字架上那一位却以自己的血担当了她们的"死"。不仅如此，祂还指出一个更永恒的盼望，在这盼望面前，人间的爱无法被死亡和宿命伤害；在这盼望面前，大地上的人们，可以更加彼此好好相爱。"如今，常存的，有信、有望、有爱。其中，爱是最大的。"

这也许就是《卿卿如晤》抵达这一片白茫茫大地的意义。

3

　　此前,台湾已有曾珍珍女士的中译本,译名就为《卿卿如晤》,笔者也曾试图撷取中国古典爱情佳句,为此书取一译名,然而,思来思去,仍觉"卿卿如晤"一词在悲恸中仍蕴含对将来相见的信、望与爱,最贴切本书主旨,故仍沿用之。[①] 不止译名如此,在译文过程中,笔者也参照了曾女士的译本。曾女士教授英美文学,中文与英文功底俱深,文学与神学造诣也不凡,从其译作可窥一二。与前辈相比,笔者自惭"译"秽,尤其遇前译高妙处,拍案之余,不忍割舍。有些词句,窃为己用。这里,致以深深歉意与谢意。

　　《卿卿如晤》英文原著中,路易斯一律以"H"指代乔伊;曾译本中,则以"伊"指代之;笔者根据汉语读者的阅读习惯,以"妻"指代之。特此说明。

---

①　亦有人将书名 *A Grief Observed* 直译为《审视悲痛》,见本系列"路易斯经典选粹"之《从岁首到年终》,华东师范大学出版社,2007 年 3 月。——编者注

译后记引号部分资料摘自《幽谷之旅——C. S. 鲁益士传》（希卜黎著，吴里琦译，台北海天书楼出版，1998年）。特表感谢，并在此推荐阅读此书。此书后拍成电影《影子大地》（*Shadowlands*），纪录了路易斯和乔伊的一段暮色尘缘。

喻书琴

2006 年 10 月 24 日

　　1963 年 8 月，路易斯躺在一把他最喜爱、最舒适的椅子上阅读。这可能是他最后一张照片了。

图书在版编目(CIP)数据

卿卿如晤 /(英)路易斯(Lewis,C.S.)著;喻书琴译. --修订本.
--上海:华东师范大学出版社,2013.7
  ISBN 978-7-5675-1056-2

I.①卿… II.①路…②喻… III.①随笔—作品集—英国—现代 IV.①1561.65

中国版本图书馆 CIP 数据核字(2013)第 171566 号

华东师范大学出版社六点分社

企划人 倪为国

路易斯著作系列

卿卿如晤

著　　者	(英)C. S. 路易斯 著
译　　者	喻书琴
责任编辑	倪为国
封面设计	姚荣

出版发行　华东师范大学出版社
社　　址　上海市中山北路 3663 号　邮编　200062
网　　址　www.ecnupress.com.cn
电　　话　021-60821666　　　行政传真　021-62572105
客服电话　021-62865537
门市(邮购)电话　021-62869887
地　　址　上海市中山北路 3663 号华东师范大学校内先锋路口
网　　址　http://hdsdcbs.tmall.com
印　刷　者　上海中华印刷有限公司
开　　本　787×1092　1/32
插　　页　4
印　　张　4.25
字　　数　45 千字
版　　次　2013 年 12 月第 2 版
印　　次　2024 年 10 月第 8 次
书　　号　ISBN 978-7-5675-1056-2/I·1010
定　　价　34.00 元

出版人　王焰